[清] 李辅燿 著
李崧峻 主编
浙江大学档案馆 编

# 李輔燿詩詞集

浙江大学出版社
ZHEJIANG UNIVERSITY PRESS

谨以祖父幼梅公诗稿手迹的刊印，纪念慈爱的祖母辛纯卿女史诞辰140周年。

祖母辛纯卿（1878—1961），山东人，出身贫寒，也不识字。在那艰难困苦、混沌动荡的岁月里，她老人家始终是我们全家的精神支柱。大家风范，处处是我们的楷模。

敬爱的祖母，我们永远怀念您！

# 编者的话

李辅耀（1848—1916），字补孝，号幼梅，又号和定，晚年自号怀庐主人。道光二十八年（1848）五月二十九日生于长沙芋园，湖南长沙人。

李辅耀出身书香门第，其祖父李星沅（1797—1851），字子湘，号石梧，道光十二年（1832）进士，翰林院编修，历官至太子太保兵部尚书衔两江总督，咸丰元年（1851）病故于督剿太平军广西钦差大臣任上。谥文恭。其生父李桓（1827—1892），官至江西布政使署江西巡抚。著有《宝韦斋类稿》100卷及我国最大的一部人物传记汇编《国朝耆献类征初编》720卷。

李星沅长沙故居正屋名曰『柑子园』，其花园名曰『芋园』，围绕芋园有多座建筑及住宅群，其西北住宅群名曰『怀庐』，幼年李辅耀在其母徐太夫人哺育下，在怀庐长大，在藏书楼——海粟楼读书，接受严格的家庭教育。养成了其为人忠厚诚实，待人儒雅亲善，少年老成的性格特点。

李辅耀十八岁成秀才，同治九年（1870）庚午科优贡，随后多次应试均不第，至光绪二年（1876）以副贡科名任职内阁中书后，才放弃科考，时年二十八岁。光绪三年（1877）冬，李辅耀奉旨赴浙江任钱塘江塘工总局驻工督办（工程总指挥）。这是清代用传统的技术办法并动用中央皇家国库巨额拨款最后一次大规模的全面整修、部分重建的海塘工程，任务极为艰巨。光绪四年（1878）正月李辅耀到任，从此开启李辅耀与浙江30余年的不解缘分。

李辅耀的诗词创作自青年时代始未曾中断过，最是能反映其一生中各个时期的喜怒哀乐，是研究李辅耀生平的重要史料。其早期的诗作，在李辅耀第一次赴浙江时（光绪三年）自己用正楷誊抄并编辑成书稿，命名为《玩止水斋诗稿》，共二册。但生前并未刊刻成书。《玩止水斋诗稿》(以下简称《诗稿》)存诗约211首。手抄本《诗稿》字迹工整、秀丽，有些诗作上面还有后来自己重读时所注眉批。李辅耀自题二册《诗稿》封面，第一册并注有：起壬申终丙子（崧峻注：同治十一年至光绪二年，

1872—1876）；第二册自『熊雨胪师用东坡石鼓歌韵题』一诗起，仅抄录诗32首，其中有作于光绪四年（戊寅，1878）的『元日试笔淮安舟中』一诗，这已不是第一册封面所注『终丙子』（光绪二年，1876）时的作品了。可见这第二册32首诗具有第一册续编的性质，由于海塘工程责任重大，事繁且紧张，续编中断了。故今将此二册合为一册论之。

《诗稿》收有序言两篇，其扉页留言者『阛町室老人』即陈戊（陈戊对李辅耀的一生影响颇大，他是李辅耀的元配夫人张兰怡的姑父，工诗词）。

李辅耀去世五年后，民国十年（1921），李辅耀的长子相钧、次子相纶（李庸）、三子相慈（亦怀）三兄弟以原《玩止水斋诗稿》为主体，并收集李辅耀自光绪三年（1877）以后所作诗词，合编成一册，命名为《玩止水斋遗稿》（以下简称《遗稿》）。同年刊印成书。

《玩止水斋遗稿》全书一册，为线装竖排版本，封面书名由何绍基的长孙何维朴题签（何维朴是李星沅的长女和女婿何伯源的长子，字诗荪。何维朴自幼与表弟李辅耀交好，民国初年在上海以书画谋生，颇负盛名）。全书除诗词部分分为四卷之外（前三卷为诗作，卷四为词作），卷前还有李辅耀遗像（由李辅耀的堂弟李概之子李祥霖撰像赞，并由徐太夫人之侄徐桢立［徐特立的哥哥］书丹）；吴庆坻所撰《李辅耀墓志铭》（吴庆坻［1848—1924］，字子修，杭州人，光绪十二年［1894］进士，《清史稿》主撰之一，著作丰盛，为清末著名文化人，详见《长沙芋园翰墨珍闻》第69页）；及余肇康、易宗鹄、周声洋三篇序言（周声洋是李辅耀的五妹夫，光绪十五年［1889］进士，湖南洋务运动先驱，湖南商会创建人，商办湖南全省铁路公司董事）。

《遗稿》是芋园李家家藏刻本，存世较少。书中收集李辅耀生前诗词作品总计312首（其中诗作279首，词作33首）。起自同治十一年（壬申，1872），终于民国四年（乙卯，1915）。这也是长沙芋园李氏先人著作中最后一本刊刻成书的著作了。李辅耀一生正处于清末民初的大动荡岁月中，诗为心声，读来令人嘘唏不已。《遗稿》四卷诗词作品的手迹除卷一、卷二和卷三的前半卷全部抄录自

《玩止水斋诗稿》手抄本之外，卷三的后半部分及卷四词作的全部手迹今已不存。李辅燿对浙江的社会发展作出过重要贡献，是一位历史公众人物，其诗词作品是研究李辅燿生平的重要史料。为了不使辅燿公诗词作品在我们这一代失传，并让读者能一睹辅燿公原汁原味的诗词手迹，故决定将《诗稿》与《遗稿》合而为一，予以重新出版。将《遗稿》中之卷一、卷二及卷三的前半卷改以原《诗稿》手迹影印版付梓，作为本书的第一部分；《遗稿》的卷三后半部及卷四（词作）因手迹今已不存，故保留原书之刊刻版，作为本书的第二部分。这一古代与现代合璧的新辅燿公诗词集敬以《李辅燿诗词集》名之。由于本册诗词所涉时段起自壬申（同治十一年，1872），止于民国四年（1915），历经同治、光绪、宣统、民国四朝，前后达43年之久。而述事地域则跨湘、浙、苏、京、沪、鲁六地。诗词中涉及的部分人物事迹，我虽做了点初步考证，也写了一点简注，但大部分人物事迹的考证工作，是我力所不能及的，更谈不上『文学评价』，这只能由读者及专家来完成了。鉴于湖南长沙芋园李氏先人多为历史公众人物，且与浙江关系尤为密切，2014年年初，我将李辅燿宦游浙江30余年间所著的清光绪至民国年间日记六十二本以及其他相关史料，捐赠给浙江大学档案馆保存；同年年底，浙江大学档案馆组织编辑出版《李辅燿日记》(10卷)，并举行了隆重的『李辅燿史料捐赠仪式暨《李辅燿日记》首发式』活动。这次我又将珍藏多年的李辅燿所著《玩止水斋诗稿》手迹二册，捐赠给浙江大学档案馆，档案馆积极筹措资金，编辑出版《李辅燿诗词集》。在此，特向浙江大学档案馆表示衷心的感谢。为了让读者更好地了解研究先人生平事迹，故在本书的后部增设一附录，收入我多年来研究长沙李氏家族事迹写就的《芋园春秋》一文，供参考。另外，本人并非文史专业出身，只是多年来做了些家族史资料的收集和研究，有不当之处敬请读者指正。

李辅燿孙李崧峻

2017年10月于烟台

# 目录

# 玩止水斋诗稿（手迹二册）

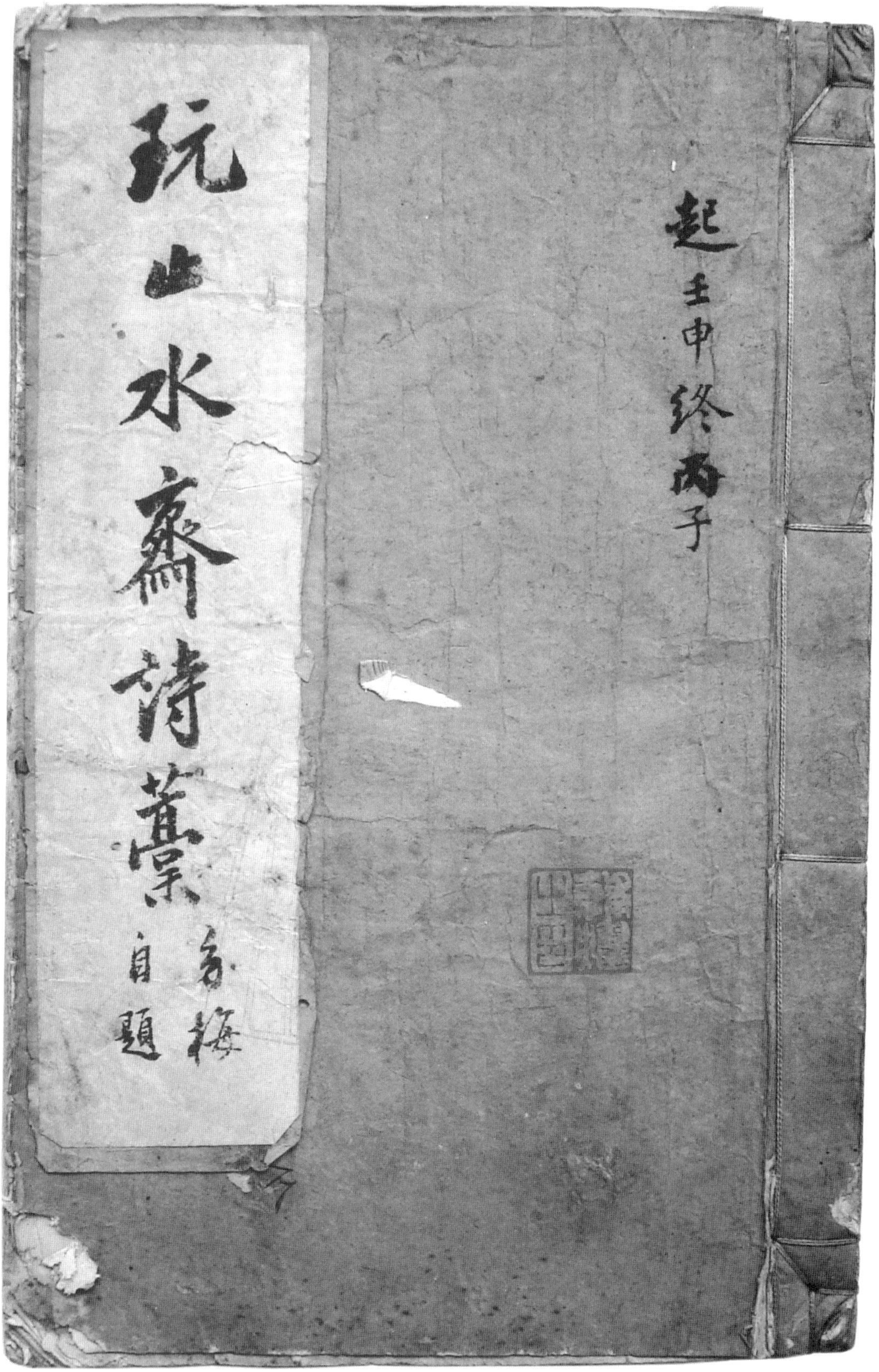
玩山水齋詩藁
方梅
自題
起壬申
終丙子

紉梅自都歸攜詩稾就正於余賦此奉獎兼以志勖

失意休嗟倦鳥回，壓裝新句勝瓊瑰。蒼茫風雨離家感，重疊江山入老來。問字心虛求我益，逢人冷眼向君開。伐毛洗髓從容易，機杼終須屬俊才。

羅町室老人

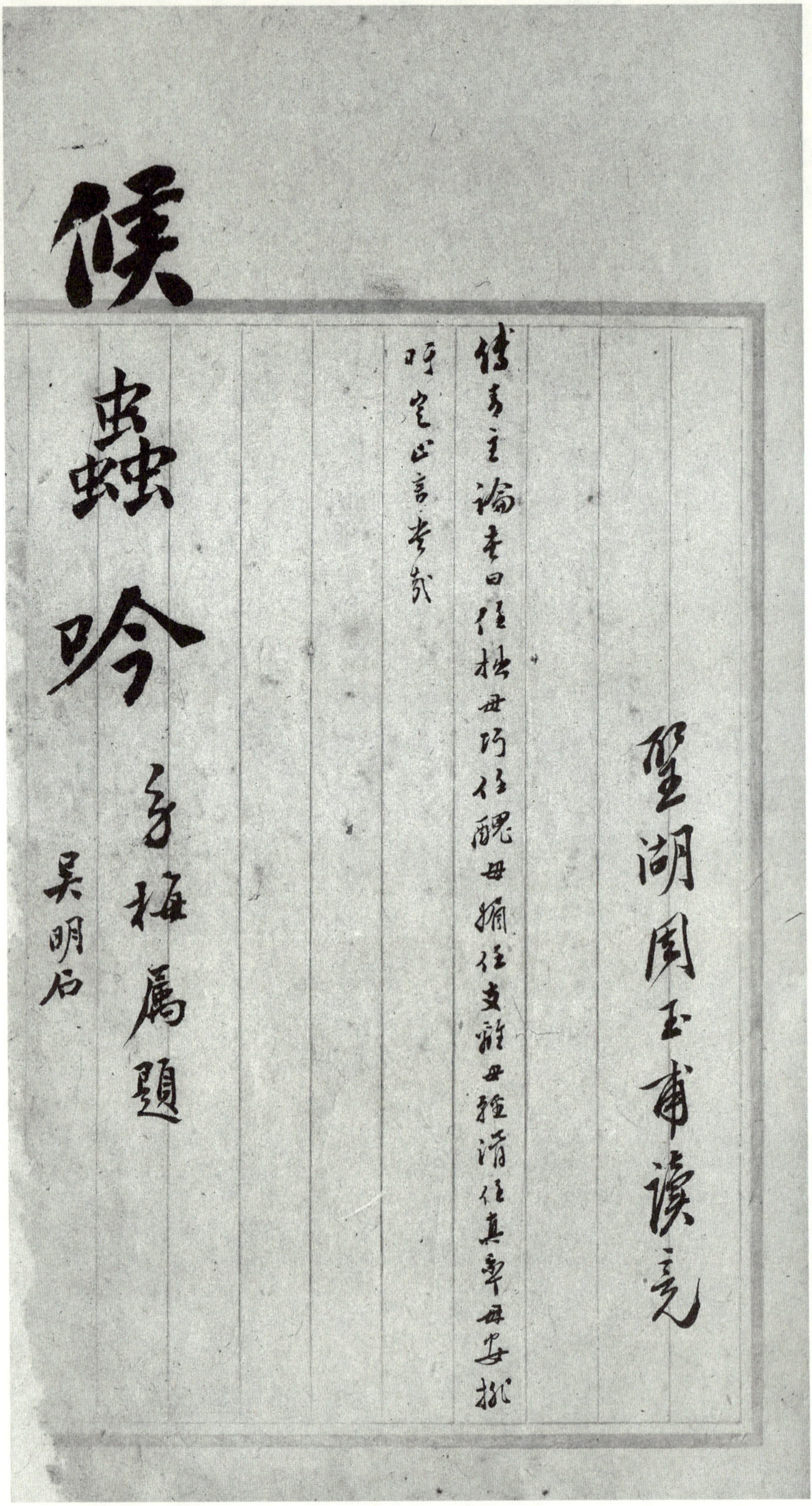
望湖周玉甫讀竟

傅青主論書曰寧拙毋巧寧醜毋媚寧支離毋輕滑寧真率毋安排

吁定此言者哉

候蟲吟

子梅屬題

吴明石

玩止水齋主人出近作見示率成小詩以志

欽佩

若熱龍態畫漏長清風忽送卷中涼金

鑾奏賦歸猶韻玉帶高歌字亦香

大作有玉帶生硯歌

大好胡山驪筆陣一家機杼撥天章

披吟有味堪擬憶醉黃醪說漢陽

曾以漢陽久釀酌我和勁兩忘真佳品今讀此奏覺餘香猶在

枝軒居士縂稿　秋草

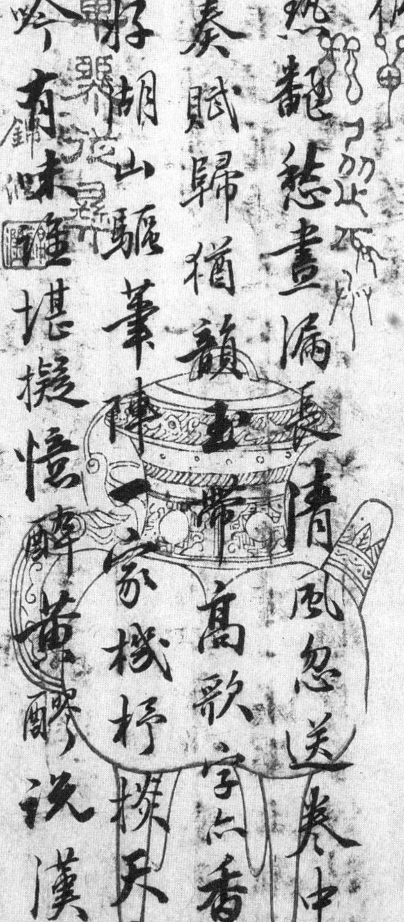

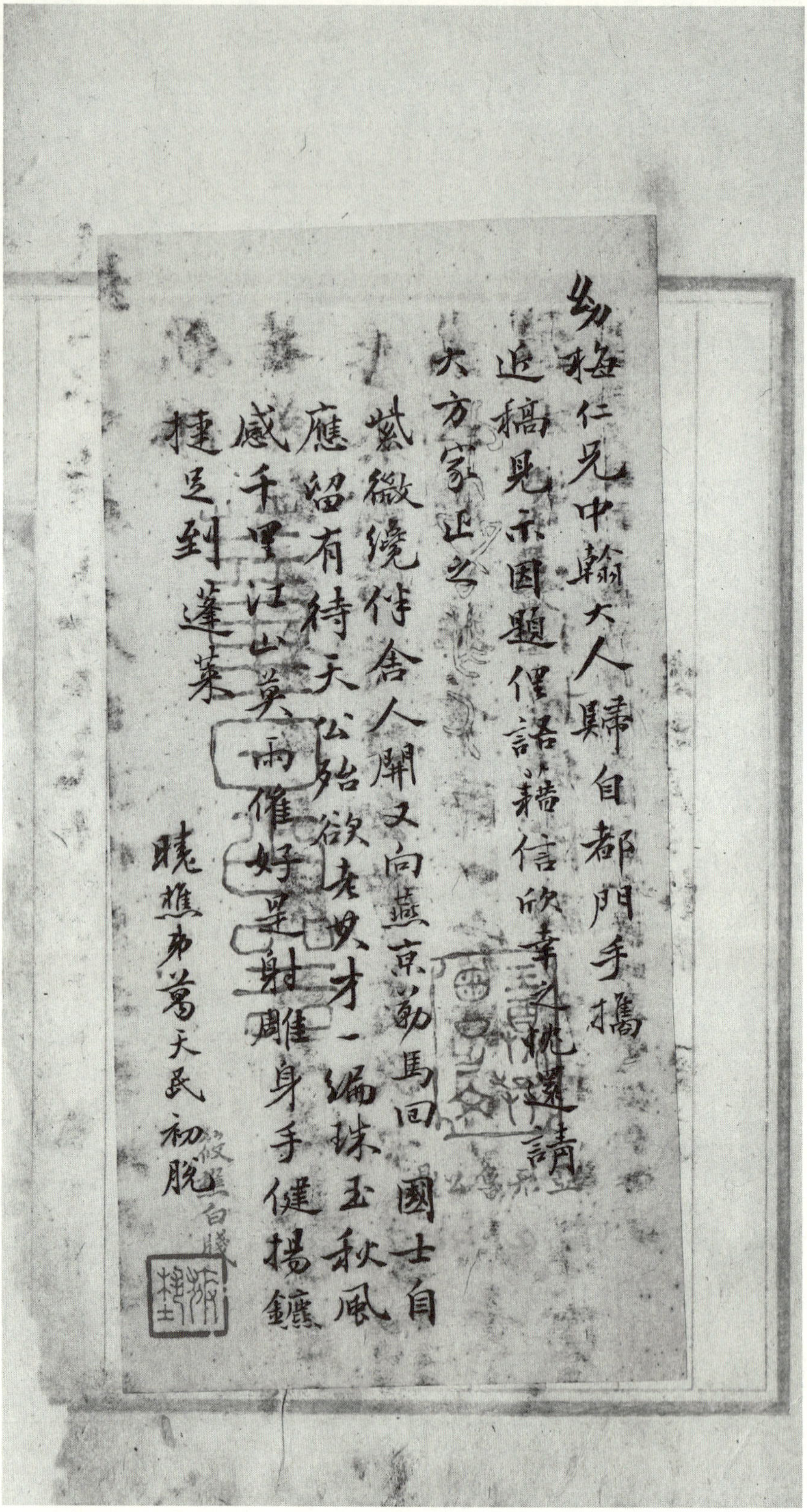
幼梅仁兄中翰大人歸自都門手攜
近稿見示因題俚語藉信欣幸之忱並請
大方家正之
紫微繞侍舍人開又向燕京勒馬回 國士自
應留有待天公殆欲老其才一編珠玉秋風
感千里江山莫雨催好是射雕身手健揚鑣
捷足到蓬萊
曉樵弟萬天民初脱

擬杜工部諸將五首　壬申

萬里煙塵擁雪山。鼓鼙震撼入榆關。要嚴刁斗交河北。會整旌旗碣石間。玉塞窮秋燐火碧。鐵衣遠戍血痕班。近聞聖主籌邊急。草莽何時一破顔

地轉天旋入渭城。久聞漢將建長旌。蕭曹勝筭能謀敵。廉藺雄威善用兵。莫倚西戎千里遠。幾曾邊騎一時清。諸君自是如貔虎。會見風煙馬上平

潼關堅壁夜無烽。河北旌麾擁萬重。螳臂肯教當大敵。龍鱗何處數提封。漫愁邊塞勞兵力。且喜中朝計正供。老將誰如趙充國。荷戈猶自不妨農

峩峩銅柱漢時標○草長蒿深孰剗銷○翠落扶桑殘羽鎩○珊枯海岸寶光寥○三軍大漠初盤馬八座中樞盡賜貂○莫道南方荒服遠○由來雨露自天朝○

元戎小隊記西來○空騰啼猿夜夜哀○舊雨昔曾聯劍閣○野雲今上尚戀琴臺○繡衣幾輩新持節○氊帳何人漫舉杯○防禦定嚴西蜀地○當時僕射本多材○

和陳治臣丈鍈初度元韻 是日宴集同人招歌者葉玉芝侑酒余適以疾未往

萬竹如雲紺碧烘○病中逃暑學元功○秋聲忽送天河水○是日得雨快甚 涼意誰憐舞扇風○白紵由來詞賦重○紅裊應是笑嚬工○無端又觸判花興○回首當年顧盼雄○

風雨淒涼寶瑟哀，歌喉曾為阿誰開。一簾花影秋香細，三疊琴心道玅該。天上浮雲勞變幻，水中明月幾徘徊。去年崔護癡如我，好夢醒時尚倚槐。

晚興

高閣憑臨久，殘陽度樹西。綠涵池水池（定）紅映（壓）野雲低。鳥為投林亂，蟬因憚暑嘶。夕涼招未得，散髮卧蘭畦。

陳左卿丈戌招飲慶春園賦此誌謝

瀛洲小築翦蓬蒿（園為王氏小瀛洲餘地），花隝櫻廚位置勞。座上二難逃酒國（左卿治臣兩丈皆不飲），幕中多士習戎韜（徐竹壺文及徐楊乾茂才皆客韓軍門幕中）。交聯城北形慚穢（座客惟徐霖生最美故調之）

話到江南興益豪。惕翁江南人三尺微軀真自幸。竹林風景許遊敖。是日諸客與家介生五叔及余凡七人

酒半推衣首重回。襟懷稍喜近年開。秋風薊北催歸早。明月揚州攬勝來。看盡名山須作客。歡陪清讌暫登臺。片雲未沒詩先就。借畬豪情敢詡才。

再疊前韻畬治臣文

求真已得晉陽蒿。始識幽人索句勞。杼柚獨新知蔗味。文章不露似蓮韜。周礼注蓮炎之屬皆有橐韜非關長吉心能嘔。畢竟元龍氣尚豪。巧鬥尖叉吾豈敢。翱翔何幸結盧敖。

此等題本雖擬亦可不擬刪之何如

記從探勝習池回得句多君笑口開拔趙也思將漢易合縱無奈怯横來羣推文陣能堅壁欲避詩逋待築臺再厲新詞驚四座孟公自古號多才

擬魏文帝善哉行

登彼西山載飢載寒風露苦侵薇蕨胡餐代馬知風越鳥巢枝人不如物我心傷悲憂比山高愁如水深抑鬱誰語云胡自禁人生行樂富貴何時日月逝矣我髩如絲清漳東流汎彼松舟駕言出游以寫我憂我馬維駒厥裘亦狐馳驅皇路樂此須臾

同前

此二年亦可删

晨登銅雀觀，夜飲漳河濱。酒人進甘醴，御廚送八珍。
簫鼓哀中流，羅綺嬌芳春（塵）。繁（會）不為樂，清琴作前陳。一
彈清風生，再鼓微波淪。平林鳥驚亂，曲沼魚逡巡。勝
會豈有常，盛筵誰復新。感此摧中腸，樂極翻酸辛。容
華坐銷歇，駘蕩須當春。縱心於浩然，聊以全吾真。

## 古樂府

### 魏無知

魏無知，巨眼能識魏（風）塵姿。當時一見陳季子，知此可
為王者師。絳侯灌嬰亦功狗，謂平冠玉中無有。不知
奇謀足利國，盜嫂受金何足數。滎陽一戰（楚地）定，剖符定

封王乃信。此時命作戶牖侯。昔非魏倩安能進。無知
善識人。陳平不背本。漢王能賞功。天下不復反。

紀信

楚軍列漢食絕。東門女子二千人。馬上啼紅杜鵑血。
當時兵振滎陽關。猶能敗楚京索間。豈知一朝坐被
圍。關中將士無生還。將軍奮義生慨慷。詐為漢王乘
龍章。驅車祇欲救王死。豈惜軀命生傍徨。逢丑父公
子申。春秋嘖嘖稱二人。千載後。紀將軍殺身乃以成
其仁。

芋園賞雪分韻得雪字即用陶靖節癸卯十二

月中作與從弟敬遠韻

閒居寡人事○軒蓋迹久絕○歲莫天送寒○萬彙氣凝閉○必切結庭空先集霰○户皎知飛雪○遥岑皓已瀞○曲沼影逾潔○季父延賓侶○壺觴一為設○海錯屏弗陳○清讌聊相悦○座隅聆緒論○齒頰騰芳烈○復起步園囿○寒松勁晚節○緊予三尺身○學詩笑鳩拙○竹林幸附末○媿乏蹊徑別○

東坡生日再集芋園賞雪分韻得聲字

東坡居士不可見○七百歲後留其名○文章氣節兩不朽○何用採藥求長生○公壽千秋如一日○每逢此日神

為傾○天公有意為公壽○先壽七日飛祥霙○芋園池館
静且清○春花秋月供量評○連朝大雪景彌勝○洗淨塵
障生光明○公昔西湖賞新雪○玉樓四起何崢嶸○當時
勝概今莫覩○小園聊與尋詩盟○汪洋羣彥一朝集○蓮
扉畫啟頻相迎○憑欄遙望天地廓○萬籟凝結寒無聲○
古琹三尺最幽澤○（家藏古琴東坡物也有跋）寶墨十幅何縱
横○（東坡書真州詩墨蹟）摩挲未已清興發○翦燭更置玻璃觥○酒
酣闘韻自思索○各樹旗鼓揚奇兵○當場馳騁半老將○
坐使賤子難爭衡○願就眉山乞詩法○待看翻水文先
成○

正月十八日将之安仁　三姊七姊十姊杏甫

光甫兩弟松屏伯和健安寅舟俱至舟中辭纜

後賦此　癸酉

含淚强為歡。别母登輕舟。出門復悽惻。涕泗緣纓流。

明知别離苦。時至難自由。此行既不已。何用須臾留。

阿母心痛酸。閨人亦知愁。不為離别語。懼增游子憂。

生父意尤戚。淚影盈雙眸。既痛弟新亡。復悲兄宦游。

强步出西門。訓以敦清修。冷官雖小試。毋使貪貽羞。

季父與從弟。送行語不休。良友未忍别。珍重在道周。

風力既已遒（動）。波光接天浮。千聲（舵開駛於鷺）我去也。長嘯登篷樓。

家室祝平安○道里喜清幽○水色蕩雲影○榜歌和漁謳○
湘江多勝境○皆與耳目謀○客心頓歡悅○恍若痼疾瘳○
返里知何時○天風吹素秋○

舟中望麓山懷袁筱珊 繼韓先生

輕舟發湖橋○引領麓山足○曉煙涵宿雨○羣峯淨如沃○
秀色不可名○予懷轉悵觸○佳辰憶去歲○當春恣游矚○
與君共攜手○隨意踏新綠○憩飲雲麓寺○臨江酌芳醁○
座隅聆高詠○古調超凡俗○佳會豈有常○驪歌忽相促○
推篷一眺望○勝游何日續○思君不可見○感此漫成曲○

將之安仁得韓之賀詩次韻畣謝

天外遥鴻度遠郵○如君雅意正難酬○懷人明月四千里○選夢斜陽一角樓○（君讀書處）管領湖山真是福○（來詩有羈棲差領湖山勝之句）縱横詩酒定無愁○遥知呵凍揮毫夜○（書以容歲小除夕發）風雪當窗擁翠裘○

優孟衣冠此上臺○（時以禮服見寄）歌衫舞袖為誰開○半篙春水催人去○一櫂西風送客回○芋館迎秋宜埽榻○桐園話舊待傾杯○瑤章自是殊文繡○多謝君家費翦裁○

泊昭山

一路東風輭○游人緩緩行○夕煙隨日落○淺水稱舟輕○影暗昭山樹○春寒楚客程○高歌忘夜永○杯酒坐深更○

## 曉起

酣卧不知曉○孤衾亦自温○發春原有脚○覓夢已無痕○
風力催帆勁○濤聲到枕喧○披襟一回首○雲樹失鄉村○

## 鷄子巖遇風

天雞鳴空中○海日射江隈○西風忽凌躐○丘浪遥奔催○
猋如掣紫電○轟如吼怒雷○砰訇石壁裂○訣蕩天門開○
忽驚銀漢落○旋見龍沙隤○晨曦遠激蕩○恍照金銀臺○
仰觀勢轉赫○俯視神為摧○篙師噤不聲○童子悵以唉○
我亦〔心〕獨恬然○危坐無疑猜○風波雖云惡○於我何為哉○
吾生有所畏○何用浮槎來○但欲乘長風○破浪登蓬萊○

雲端一回首○江海空喧豗○

遇風後泊湘潭承麻竹師年丈招飲賦此畣謝

揚帆遇橫風○幸不遭浮沈○登艫窮駭(賅)矚○佳氣連湘潯○其下有賢侯○令德夙仰欽○道路記所見○馴雉翔春林○入門肅拜謁○畫閣何清森○花落窗下書○鳥踏松間琴○顧茲風塵內○而有氷雪心○座隅聆緒論○卓識超古今○置酒復行炙○一醉清煩襟○載德歸輕舟○扣舷發孫吟○圍爐如挾纊○寒意無相侵○(頃以春寒渡蒙惠炭)感君(公)纏綿意○漫擬湘波深○

舟中飲雨前茶茝清女弟之所贈也書此寄懷

我攜小團月來試湘江泉兩腋生清風飄飄欲凌仙
啟篋得精品新名標雨前云是妹所貽思之意悠然
吾才媿劉左阿妹偏清妍愛畫既入骨作詩常聳肩
當春品新茶活火親烹煎惠我意良厚將以醒醉顛
酒酣一甌足塵襟皆能蠲念此忽浩歎長吟扣孫舩
昔者鮑令暉佳茗賦成篇北風送來鴈高詠披蘭荃

舟中寄懷瞿子玖同年　鴻禨

春風吹行舟山水不異昔峯巒接空翠波浪生遠碧
登艫恣眺望始覺軒庭窄感此憶舊遊忽念釣鼇客
聯翩去鄉里扁舟樂無斁文爭李杜蹤詩靡曹劉格

賤子苦不才。與君羞抗席。羨君步青雲。飆舉振六翮。
皎然玉樹姿。遂隸金閨籍。回望塵中人。雲泥乃縣隔。
南山樗櫟材。已拚長棄擲。汗顏貢成均。亦得窺宮掖。
與君走燕臺。文讌心莫逆。同賦歸去來。羈旅忘形迹。
方期共聚首。驪歌忽相迫。踽踽傷獨行。誰與共吟劇。
酌酒且陶陶。永此孤舟夕。君今在何處。夢談亦云適。

寄懷王寶常同年兼送其歸汴

大梁白雲起。飄飄來湖湘。徘徊楚水曲。舒卷蒼梧鄉。
一朝飛上天。化為雙鳳皇。毛羽煥五色。凌風恣翱翔。
還顧睨枳棘。尚有青鸞藏。鳳皇高高飛。青鸞難頡頏。

青溪一道士○冥心事幽討○渴飲白玉漿○饑食金光草○
雙瞳若流星○綠髮長美好○鍊形得寶訣○不肯向人道○
朂哉潛修心○天地同壽考○

聚散如浮萍○隨波飄復流○與君客金門○離別悲高秋○
君為長沙客○我去南山陬○望遠不得見○使我心煩憂○
贈君雙明珠○兩心遥相投○持此意不忘○良會何時修○
燕鴻思翔雲○吳鱸戀江波○感此忽惆悵○知君愁更多○
秋風動桂林○嘉會難蹉跎○汴水正滿澤○歸舟疾飛梭○
欲持一樽酒○送君臨黃河○道遠莫致之○使我傷如何○

舟過滌口感賦

生身二字湊泊有注腳使可用慈親二字

淥水一為別於今十六年生身長已矣（戊午冬奉生母櫬返自江右曾泊山）游子重悽然春露零芳草微風送客船當年停泊地老樹尚江邊

雨夜泊衡州懷子琹用太白宿白露〔鷺〕洲寄楊江寧韻

天風從北來吹我棲荒洲雨氣暗浦漵燈光映城樓遙憶素心人計程增我憂（先自湘潭以書馳告）誰知孤棹客春夜寒如秋一水隔盈盈何以渡中流傾杯且自酌一醉渾無愁

雨夜旅中

向晚欵衡茆蝸居等繫匏窗敧風細入瓦碎雨紛敲
壞壁懸蛛網危樓笑燕巢一燈寒作伴鄉思可曽拋

雨中花朝

庭院深深鎖積靄嫩寒和雨入空齋遠山含笑青排
闥芳草無名綠上階客邸光陰銷酒國花朝情況滯
詩懷愁來便向東風祝吹動春陽出海涯

家中二僕至

辭家誰問評愁至且扃扉一犬迎門吠雙鴻帶雨飛
畫堂慈竹茂深院好花肥懷袖馨香發春宵引夢歸

雨後見月

十三十四月将圓○惆悵春陰又滿天○客裏不堪愁雨重○夜分作喜彩雲偏○光摇玉砌清於水○暈到銀河細裊煙○令夕故園朋輩樂○携樽同上木蘭船○

懷人詩

徐竹虛丈

廿年戎馬客○依舊老書生○説劍風雲幻○披襟氷雪清○奇懷依帥府○健筆主詩盟○不忘陽關語○郵筒尚繫情○

陳左卿丈

元龍本豪氣○疎放任猜嫌○酒自生前斷○詩於老去嚴○飯山逢杜甫○人境有陶潛○獨立傳神處○幽花一笑拈○

陳治臣丈

山水雖云勝○難容大隱身○不嫌居近市○祇覺物皆春○
語妙池塘夢○文章李杜鄰○高懷弃軒冕○何處著微塵○

徐惕乾茂才

名士過江來○將軍幕府開○屠龍甘小試○倚馬重仙才○
跌宕呼紅友○風流序玉臺○壓裘詩札在○吟誦落瓊瑰○

呈五壯父

緬昔陶彭澤○一官歸去來○菊花同性命○蓮社屈朋儕○
漉酒頻欹帽○攜琴獨上臺○傍人渾不解○錯認與時乖○

偶成

諸公衮衮盡登臺。慚媿經生冷署開。漫道酸齏風太薄。可知諫果味能回。奇書髙庋五千卷。濁酒自傾三兩杯。靜掩衙齋人不到。一雙蝴蝶過牆來。

雨中忽見桃花

九十春光一半賒。雨中新綠漸萌芽。山桃隔院無人問。幾日東風爲著花。

偶憶海粟樓讀書餘事聯綴成語

不敢云忘俗。有時懷所懷。十年期面壁。三月學心齋。
雲水摹空幻。園林小住佳。暫抛軒蓋迹。斗室儘盤蝸。
風信樓東早。催開九畹蘭。敲棋忘晝永。乞火爲香殘。

琴到無絃古。碑從没字看。有[偶]然一揮灑。點筆倚危欄。
自適幽閒性。晨興髩嬾梳。洗桐新綠發。芟草亂青除。
花好能招蝶。泉清稱養魚。偶逢鄰叟問。冷趣近何如。
掩卷當清晝。招涼且下樓。鳴蟬驚午夢。歸燕識清[新]秋。
榻倚青藤枕。茶香碧玉甌。夜深宜散髮。隨意學吳謳。
庭院少行跡。幽人耐寂寥。看雲朝卷幔。愛月夜吹簫。
墉鈌養新竹。籬疏移嫩蕉。興來還握筆。詩債且能銷。
頗覺天機暢。隨宜轉自然。靜惟依石坐。倦即藉苔眠。
飲酒不求醉。存詩豈望傳。心閒從所適。無事小神仙。

新晴偕李汝吾學博陳秋坪縣尉滕理堂守府

游潔愛泉小憩白衣庵歸已日暮泉在縣治北門外深不及二尺清瑩可鑑水底時有泥影如珠連沸至水面而散蓋山泉之脈也故又名真珠泉

一雨動經月雲陰壓山城雷聲昨夜喧催放春江晴
行行出北郭爽氣遥相迎和風拂袂來輕煙隔林生
山光如潑黛泉韻疑吹笙久居吏舍中塵俗苦糾縈
覩此忽欣然襟懷一何清
吾宗忽鼓興攜手為春游陳侯神仙尉情致何綢繆
更有滕將軍緩帶而輕裘俱為風塵客豈殊水石儔
結歡涉幽境顧影臨清流談笑有餘情吾生復何求
昔聞潔愛泉水底幻明珠晶瑩冒沙沸波面走斯須

豈為驪龍吐。無乃鮫人輸。憑欄一靜觀。此理悟散殊。
何當取其圓。承以玉盤盂。

峩峩白衣庵。乃在雲山中。花竹入幽境。松杉圍梵宮。
僧去無鐘魚。蛛絲挂雲龕。坐久忽有會。令我塵緣空。
興盡循途歸。殘霞映山紅。清游未易得。此意烏能窮。

彭臨川學博將歸岳陽以留別安仁四律見示
次韻奉畣即以贈行兼訂後約

千里晴雲倦鳥休。田園景况靜中求。十年冷淡風吹
袖。君官安仁教諭十二年矣 一老婆娑雪上頭。君年七十六 卻喜是翁
真矍鑠。應憐諸子儘遮留。故鄉歸日添詩思。婁尾餘

春紀勝游○

此鄉兵事太紛紛○安仁屢被兵燹咸豐中髮逆三次過境同治乙丑霆營叛勇蹂躪尤苦君適當其厄也鶴唳聲多不忍聞○亂後頻來阮生哭○刦餘幾見鮑昭文○澤人時雨留遺愛○入座和風挹衆芬○我自南山雲起處○心隨君到北山雲○

一帆遥慰草堂靈○好蓄雲煙養壽齡○湖水到門涵遠碧○君山排闥送空青○桑麻晻藹開三徑○歲月清閒醉六經○靜夜巴邱羣指點○衡陽光動老人星○

我來芳草滿沙隄○冷署無人蜨亂飛○省識春風心契久○淒涼今雨足音稀○二分花事留君住○一路江波送

客歸彈指秋光應把袂岳陽樓上莫相違

盼元達書不至作此調之

一春煙雨黯離思底事張郎寄訊遲卻笑閨中無箇事只將彩筆畫雙眉

奉懷姚笠雲舅氏兼索東坡生日宴集分韻詩即用老杜閬鄉姜七少府設鱠戲贈長歌韻

憶昔大雪當殘冬陰雲四合號寒風銷金帳子撤不御競攜羔酒來花宮壽蘇禮畢共飲福燭光掩映歡顏紅渭陽乃有不醉量皎皎玉樹搖青蔥平生讀書具隻眼白戰獨見光翁翁（周禮酒正盎齊注盎猶翁也成而翁翁然蔥白色）

日試萬言倚馬待。一洗四座羣言空。當時既醉坡仙德。以詩紀事樂無極。壓褒名作快如林。屈宋詞華揚馬力。君（公）詩儻有神物護。不令凡人見顏色。何時寄我空中書。落花明月長相憶。

徐竹虛丈招飲芋園觀荷分韻得納字

閒居當歲莫。幾度朋簪盍。時序馳猋輪。池荷復環匝。幽人自好飲。便挈林頭榼。儔侶一招呼。豪情暢東閤。林昏倏已瞑。新月凌闇（閣）。清香發滌池。涼意生雲榻。偃仰競忘言。情贈興如答。鼊韻繼前游。短才嗤刻蠟。惜無驚人句。風雲壯吐納。願言愜幽寄。門外謝塵襍。

## 竹林七賢詠

### 阮籍

獨有阮東平，清狂本性生。窮途何用哭，沈醉自成名。
校尉輕朝籍，蘇門有嘯聲。憂時當魏晉，白眼謝浮榮。

### 嵇康

豈有嵇中散，而為偶俗人。蠅聲雖動聽，龍性本難馴。
視日悲臨命，餐霞自葆真。當年友王烈，妙悟已凝神。

### 山濤

昔聞山吏部，勳勤鼎鐘銘。赫赫三公貴，巍巍七秩齡。
藏然非自異，飲酒獨能醒。啟事今猶在，文章本德馨。

王戎

阮籍不諧俗○阿戎獨可談○浮華原溷迹○清賞足醫貪○
鑽李事如戲○持籌計亦諳○黃壚長歎息○往歲興能酣○

阮咸

不醉惟南阮○杯觴安用哉○酒中登極樂○身外謝浮埃○
簪紱如遺屣○琵琶獨上臺○一麾方出守○任放漫相猜○

劉伶

俯仰空天地○參軍酒得名○自躭糟麯味○詎樂鼓鐘聲○
痛飲非荒宴○狂歌洽素情○世休誇著述○醉眼小公卿○

向秀

詩只八句例有四句沈阮太複

笏簪字只可施之古體近体似不可用凡若此者可以類推

吾愛向常侍能甘淡泊心老莊增妙諦嵇呂本知音著作鄙章句情懷謝笏簪山陽何處是賦就一霑襟

韡之既領鄉薦將道武林入都時余方治韓君平詩因集其句得七律二首前章略寫送別之情後章亦寓述懷之意

一舉青雲在早秋東歸復得采真游風流好愛杯中物遠意還登城上樓翰墨已齊鍾大理少年親事冠軍侯懷君樂事不可見細草春香小洞幽

少時結綬騁金羈五十為郎未是遲屢道主人多愛士不應窮巷久低眉高流佇向丹霄見時輩當将白

筆期○少婦北來多遠望○山中何日不相思○

芋園賞雪分韻得中字即柬張蔭樓孝廉

風發發○雲濛濛○仙人玉戲誇天工○凍蠅瑟縮不敢出○身在萬頃銀濤中○閉門欲學袁子（君）山○開甕忽憶高陽翁○足音沓至跫然喜○撥雪自翦熊蹯菘○唐侯（作舟）贈酒（昔歲）何郎（研蓀）蔵○佐我清飲招詩雄○酒酣倚壁忽大叫○呦呦嘉會今毋同○勝流雲集侈豪放○詩壇馳逐光熊熊○座中張七忽多事○呦呦鳴鹿歌秋風○嗟余不學殖將落○只合埋首樓萬蓬○功名富貴等夢幻○何用終日長書空○不如且盡杯中物○便將徙宅居新豐○

得詩孫書卻寄　甲戌

萬里何中翰，迢迢一紙書。關心春倦後，得意筆談餘。
傳道江山好，憐余志趣疏。為農先有願，仕止已成虛。

渺渺乾坤外，多君好弟兄。升沈原聽命，治忽總關情。
抱膝空吟嘯，全身保潔貞。何緣聞雅意，飛鞚到春明。

三歲不相見，茫茫春樹多。時光當落月，心事託微波。
獨羨幽花發，誰從斗酒過。綠樽聊盡日，孤影自婆娑。

俊弟人爭羨，聯翩金玉姿。池塘尋夢地，風雨對牀時。
競說孔懷樂，彌深終鮮悲。連枝痛摧折，墓艸又離離。

春日襍詩用老杜春日江村五首韻

满目春如海。幽居屏蹟深。靜中能養性。物外謝浮心。（更何）
避俗誰相問。為農那可尋。浮生三十載。萍寄到於今。
苦被文章誤。蹉跎又一年。功名澄海月。身世濯纓泉。
頗羨陶樽滿。猶憐管榻穿。所居遂疎懶。妙法問壺天。
亂草迎人綠。狂花滿屋紅。芳菲盈尺地。流覽徧春風。
叩寂歌山鬼。忘機學海翁。誰能終日醉。身入玉壺中。
庭前紫荊樹。連理蔭蒼苔。忽爾一朝落。難為千歲材。
隔年新草發。滿地刺桐開。為問丁公鶴。何時喚月來。
亦有食肉（相）如。何太瘦生。清癯甘處約。辛苦笑爭榮。一
憍意論今古。無人識姓名。翛然避儔侶。斗室足怡情。

柬元達乞蕉

與君乞取嫩蕉芽○新翠初分一角霞○待到陰成披大葉○綠天長護院中花○

次韻畣謝越南范臨叔

不見范叔子○流光疾若何○三年嗟落月○一紙託微波○雅什耐尋味○名香能薰和○時以國中諸名人詩集及玉桂見寄相思夢驚覺○頗怪雨聲多○

哭六妹適唐秋韓之悼已六章韻

噩耗驚傳夜不眠○蘭葩從此歎虛鮮○四千里外魂常斷○時隨宦浙江廿五年來夢不圓○妹以庚戌生縱說三山能託

暢好是乃詞曲中語閑字詩中不宜用

足可憐一訣已無緣空山竟夕風兼雨怕聽聲聲喚子鵑（湘城）

翠荑生小自芳柔底事春光不可留體弱幾曾言善病神寒何苦獨工愁鸞飄鳳泊驚無影月瘦風尖慘夢游早識紅塵難久駐等閒輕別舊仙儔

小年失母髫時搔一樹當春露井桃翦翦西風憐瘦削哀哀夜月念劬勞喜傳佳氣添文祿（妹于歸五載已得二女豈患不生男耶）快浥天香入錦袍暢好白頭申舊約（韡之既領鄉薦妹意謀設篷室以期得男韡之乃立白頭之約）慘聞新煮鳳麟膏

記否湘江送夕暉燕雲越鳥各分飛（妹以庚午秋隨宦之浙余亦以

是冬
入都四年常恐音書絕○一識俄驚枝葉違○去歲寄妹
聯語云挹芳馨其誰語憐枝葉之相違蓋集
句為之初不意其遂成讖語也不解何心重返棹○三叔自浙已掛歸帆行十里以秋燥
仍同錢唐越四十餘日而妹死矣已成長別尚牽衣○阿爺愁歎君知否○一路淒涼對繐幃○梁孺人行至
安慶病没

同堂兄妹漸凋殘○余同父十一人
今去其五矣想到傷心下筆難○兩載不堪風燭盡九人同哭墓雲寒○去歲迨今死者
并妹九人矣酒當醉後常思夢○琴到悲來欲罷彈○除是月明風靜夜○一聲長嘯淚痕乾○

閒居大可養天和○簾捲湘筠衣薜蘿○滿院秋花歌樂只○萬竿新竹奈愁何○悲君時聽闕圖泣○有妹還如孝

師得此詩頗以真摯相賞今師已歸道山耳提面命從此絕矣可勝悲歎

綽多讀罷招魂搔首望歸帆穩載洞庭波聞匡已自浙啓程矣

呈熊雨臚師

燈火迎門候先生向晚來經年違杖屨秋意滿池臺
贏得黃花笑誰言綠髮摧梨雲初撥甕隅坐倒深杯
聞道山居好餘園位置殊林泉能結構魚鳥亦恬愉
古洞飛鳴玉遥峯接影珠師所居在影珠山下洞泉沖閒中忙未歇盡日為詩逋
老輩交情厚臨觴感慨多晨星悲落落何子貞胡恕堂陳花農何子愚諸丈皆於兩年中先後凋謝今春先叔祖亦歸道山師於酒闌燈灺時常為泣然壽石獨巍巍
著述千秋定胸襟萬物和養年新福地靜永署

次聯不若浪易之

吟窩 師新葺卧室名靜永寫

問字隨諸父忽忽二十春小年邀偉視壯歲不如人
采玉情空負韋衣意倍親顧言介眉壽雲氣藹靈椿

羽師以十月朔赴會垣及由悟園至芋園二律
命和謹依韻奉畣

雨笠風巾趁曉裘清游知為菊花忙擷英待浥三危
露卻老誰貽九鍊霜福地神仙留海嶽歲寒松柏在
瀟湘芋園偃仰添詩事好趁新晴日月陽
悟園一宿酒杯寬天護詩人不作去寒競羨尋春來
杜衍幾曾忘事說師丹籬邊有菊能留客石上生蒲

可勸餐行樂定應千載約漫辭十日奉清歡

題舲宇上人詠蕉山館次羽師韻

純節蕉迷共笑癡上人偏愛碧雲垂閒拈一葉留題詠綠葉（新陰）成雨過時

芋園菊讌次羽師韻

老圃秋晴向曉開晚香冷豔幾堆堆南陽舊說延齡水東閣初傳遁俗杯神王豈辭千日醉吟成時盼一舟回（時三叔已自浙啟程師詩有江風好送歸帆便我与花神一例催之句）座隅童子頻傾耳生怕鼕鼕戍鼓催

校　先叔祖遺詩敬書一律誌痛

七十年来負盛名○每思垂訓涕縱横○一詩（篇）絶筆成今（增惆）
古（悵）○（今年只元旦試筆一詩）兩日無言判死生○壽世豈虞心血盡○
閲時儀已葛裘更○校讎未半增悽痛（愁終卷）○掩卷愁聽（魂斷窗前）夜雪
聲○

羽師以甲戌詩稿見示敬題一律

鉅集千秋定○新詩閲歲添○吟身霜後菊○至味水中鹽○
晚學欣沾丐○靈光繫仰瞻○不應輕點筆○一笑為掀髯○

羽師次韻留别（仍）疊韻送行并（奉）贈醃菜六種

晴雪猶在竹○還山逸興添○情懷酣菊酒○風味笑齏鹽○
曉月催行役○江雲費遠瞻○芋園好春景○重待拂吟髯○

羽師歸洞泉途中和韻見示仍疊前韻誌謝

別意彌漫裏。横空有鴈來。詩心月在水。書法女登臺。人境誰爲御。南山不可推。蓬瀛隨處是。何必説乘杯。

歸路迎新霽。吟情雪後殊。山光更明淨。樹色正敷愉。得氣梅先蕊。留霜菊有珠。洞泉真福地。便可住林逋。

陽春白雪曲。和少愛人多。氣蘊東西漢。名高大小戎。至言能衞道。壽相本餐和。盡日披吟久。清風滿竹窠。説文窠窩古今字

咻父東游倦。歸期過小春。迢遥濱海路。惆悵望雲人。辱繫湖山念。因知氣味親。師門有德藻。從後媿江椿。

徐壽蘅丈以紹興酒景德瓷杯見賜賦此誌謝

手撥梨雲一甕清。便淩竹葉轢蘭英。未須大户誇豪醉。但酌醇醪佐聖名。造法豈殊千日釀。飲中宜有八仙觥。如何酒董遺東浦。紹興地名不奉青州月旦評。

和五叔父湘鄉道中韻

輕投令長幘。用曹識山文贈句翻喜入山深。信有揮去官樂。偶聞遺世音。平泉容俯仰。宦海笑浮沈。無限蒼茫意。撫松時一吟。

異縣託高足。誰憐別後思。身境隨書局老。意惜野雲遲。地僻無人識。天身羈寒有鴈夢馳。湘江風雪晚。歸棹定何時。

喜三叔父抵家感而有作再叠前韻

失喜歸帆利。望雲秋已深。經年傷厄運。感事有離音。
湖上珠光拚。江南玉樹沈。無人知此意。掩（揮）淚發高吟。
長程四千里。江海繫深思。去日難為別。還雲未是遲。
道心多淡定。人事任奔馳。更祝精神健。春游好及時。

檢六妹寄贈諸物淒然有作三叠前韻

忍慟開緘篋。無端悲思深。寰中成死別。紙上有遺音。
太息駒光速。傷哉雁影沈。感君三致意。知否候蟲吟。
兄妹緣如此。茫茫千載思。傷心物猶在。留夢起常遲。
長嘯臨風淚。幽情倍日馳。最難秋月下。檢點寄梅時。

和五叔父書懷用東坡岐亭詩韻

牛鼎烹雞鮮將用多少汁。對燭發孤吟自憐心尚濕。昔從文字役屢戰不一得。出為神明宰出去綏歸何急。閒居學養生鬒髮綠如鴨。芋園足游賞草樹何緜冪。勁節凝修竹枝翠心猶赤。翛然暢懷抱壺室自生白。偶泛上灘舟岸此華陽幘。不為扣角歌亦恥抱璞泣。但聞烈士吟聲斷唾壺缺。人生貴適意光景過如客。藏酒待歸來追陪珠履集。

舒叔請太守招飲叠韻志謝

舒侯善烹飪鼎俎謝腥汁。園丁供菜把帶露摘餘濕。

折簡相招邀。騎驢未得得。入門先一笑。何事傳呼急。但得一斗酒。焉用鶬與鴨。四座傳觥籌。豪飲去巾冪。樽前須盡歡。（不惜醉顏）噉薤莫留赤。大嚼且快意。噉薤莫留白。酒酣發長嘯。解衣復脫幘。浮生三十載。曠意寄歌泣。惟聯朋舊情。不問月圓缺。乘風濟滄海。聽彼釣鼇客。願言翦春蔬。重約韋英集。

## 和雨師歸洞泉口占七律韻

望詩如望雨依句。展卷欣逢意聖人。空谷有廬能養性。老年操筆欲通神。文章獨擅東南美。膏馥分沾左右鄰。料得吟懷清似水。懶將康濟問天民。

學詩一章疊韻呈雨師

學詩深恐誤波旬。趨步惟承南一人。欲使性情通字句。敢將幽怪炫精神。大方家數思無數。壽世文章必有鄰。二十年來親炙久。屢言不問五方民。

夜飲懷瞿伯皋茂才即次其見贈元韻

北風作去新寒。自酌羅浮春。愧馬傷獨處。坐歎精魂淪。忽憶海陵子。翩翩出世人。早歲擅美譽。秀靈邁儔倫。玉樹臨風前。皎然瀟灑身。所學在根柢。五經理紛綸。立己特異俗。出言能超塵。餘事工為詩。新聲妙入神。詩用古體裁崇雅正。詞意相鮮新。會當駕雲上。九陔躍祥麟。胡為困一衿。六載袍不銀。甘心讓哲弟。縱橫為强秦。（謂子玖太史）騰達自有時。識者得其真。媿我竊朝選。碔砆謬石璘。酒酣自太息。瑣瑣安足珍。相期各努力。何以慰吾親。

蓮峰上人招飲以病足不得往走筆志謝

我從招提游。超踔不知倦。翼翼能追風。奔奔疾逐電。聞音跫然喜。倒屣便相見。奈何弗視地。一蹶苦盤旋。蹣跚斗室中。檐雨長如綫。跏趺屏息坐。感事心馳傳。昔當齠齔時。避亂去鄉縣。初學邯鄲步。舉足庭闈戀。稍長事遠游。馳驅控飛驪。乘風入古燕。履冰渡清汴。

躡屩蓬萊宮○布武通明殿○晴雪登金焦○醉踏峰巒徧○

尋碑上衡嶽○屢下烟嵐變○浩歌歸去來○屏蹟聊自遣○

遠公辱知愛○招邀數游醼○同看佛國花○飽飫伊蒲饌○

今朝有嘉客○雅集寶光院○（上人齋額曰寶光精舍）美酒三百杯○

新詩五千卷○樂哉祇樹林○瀲灩雲如茵○藉非駢蹟苦○

聞命走奔豫○山家好蔬果○只今涎空嚥○彳亍碧筠廊○

細嚼梅花片○

病足未痊（次日）承蓮公枉詩見詢次韻奉謝

古寺鐘聲思未涯○困人愁看雨如麻○無端驥足遭羈絏○孤負東林漉酒紗○

報君一語笑顏開，勿藥能袪无妄災。待到梅花晴雪後，又催雙屐入山來。

偶吟寄葛小巢

風緊幽蘭院，雨寒深竹齋。寫心時漉酒，病足怯兜鞋。有客傷遲暮，何緣歷旅懷。干時君莫信，劍氣儘沈埋。

寄懷李竹屋廣文　龍山人

天留一老在龍山，又被清風引出關。厚道每多千古淚，冷官消受十年閒。聞根不擾沙中語（時耳聾已久），華髮長新鏡裏顏。可惜蘭亭好真本，幾時流播到人間。（大稿在湖北毀於兵）

衡陽萍聚仰靈椿。短燭深杯記舊因。風雨未忘君子意。雪霜宜護歲寒身。遥情不到梅花訊。長夜孤浮竹葉春。若許騷壇稱弟子。黄金願鑄謫仙人。

紀事次小巢韻

天寒翠袖護深深。只合旗亭載酒臨。底事摴蒲輕一擲。教人冷落惜花心。

聽鼓應官敢抗塵。鷺鷥一曲又翻新。如何天上巡花使。不解留春只妒春。

獨坐海棠樓待小巢不至

閒倚危樓望。蕭蕭竹滿園。端居自多暇。得意每忘言。

深院鳥聲寂。隔鄰人語喧。所思期不至。知在曲肱軒。

夜坐寄張蔭樓廣文用太白北山獨酌寄韋六韻

我非元豹姿。亦作南山隱。毛衣未能澤。邱壑終可近。雲卧心自閒。霧深迹易泯。呼之不欲出。時被清風引。乘興歸去來。飄飄無定準。生憎幽趣澀。可奈流年緊。短歌託豪素。曠意叩虛牝。空山結茅屋。夜月冷瑶軫。沈沈漏已殘。黯黯燈將盡。念子方壯游。連蜷空自哂。

謝熊子脩惠筍用東坡和黄魯直食筍詩韻

種竹數十竿。青翠色如菜。覓笋不可得。煮竹幾自賣。咒竹多生笋。雨露須荃宰。徘徊碧筍下。使我顔色壞。

熊君〔言〕瀟灑俠。渭川懷宿債。新劚貓兒頭。肥勝菘與芥。
宧為太守饞。不學鄙夫介。煨以子母灰。香味快一嘬。
囘頭望庭竹。蕭蕭作秋噫。篠此霜雪姿。共羨淩雲采。

袁小翁三疊東坡岐亭詩韻見示因廣為七言
二章奉畣

袁君倜儻非常才。胸瀦一斗金壺汁。發為文章有奇
氣。傾瀉銀河天宇濕。有時醉〔甜〕鬧〔笑〕笑口。神妙欲超劉夢
得。酒酣揮灑不讓人。漫說詩逋追火急。三章直是筆
鳴鳳。一瞬未殘爐睡鴨。清詞落落見襟期。雅意昭昭
去蒙冪。我生三十學將落。聞君獎借汗流赤。苦無好

句動世人。敢向褱中為眼白。逦来才長沙多才子。大辯雄談矗高情。狂言一發咸愕眙。退之驚笑子美泣。坡句讀書論世吾輩事。立己先求自箴缺。知君汲古事幽討。座上不延輕訬客。水仙欲放梅花香。待約詩人共君集。

袁默卿以四叠東坡岐亭詩韻見示四叠前韻

奉畣

銅官渚邊老居士。忽發高吟濡墨汁。言之不足復長言。滿紙淋漓秋露溼。便便腹笥富文史。斷錦零縑隨手得。聯翩佳句快如林。不惜當筵缽聲急。嗟余薄植

媿昏濁飲露那如影娥鴨偶然寄意學詩字汶閣乃
同塵在冪君今為我延譽（虚）道我劍埋虹氣赤豈知賤
子年已壯學成恐待烏頭白撫膺不覺生慨慷負此
昂昂三尺幘空齋長夜雪意冷時聽寒螿啼復泣燈
前反覆聲琅琅欲把短歌補遺缺江郎才盡可奈何
贈筆猶遲夢中容吟成自誦還一笑媿説家門有專
集

五疊前韻送默老行兼書余感

先生結廬湘水曲繞屋松蘿綠如汁為愛山光隔岸
來不嫌浪氣侵階濕天然一幅輞川圖好水好山誰

畫得。不堪城市日擾擾。歸心乃爲梅花急。憶從待石識春風。久坐爐香消睡鴨。名言霏霏玉屑落。遂令聞者揭塵羃。三年人事多變幻。造化無端奚玄赤。劉憐令子送摧殘。一夜洞庭霜氣白。願君勉釋西河痛。浩蕩風前側輕幘。君傷厄運自揮淚。我亦因之暗垂泣。悲哉翁弟去年死。好月將圓忽虧缺。堂前生父空歎嗟。只説人生本如客。先生歸休樂山林。莫遣夜中哀感集。

題小巢一劍王孫小照六疊前韻（小照爲張子諒畫）

湘西張子工繢事。吮墨研丹和露汁。每逢奇士必寫眞○點睛炯炯秋波瀅○此圖摹肖抱朴子○古貌古心恰傳得○知君萬事不挂眼○傲骨獨撐急流急○清癯不受烟火食○前身翠水升蕖鴨○平生心蹟一劍知○可奈純鈎蘚花冪○抱器未逢天子呼○落拓長途負丹赤○覯君畫意識君心○一片襟期如雪白○胸中暗笑五陵豪○華裾錦與烏紗幘○輕衫小笠自行歌○肯效王孫路隅泣○至哉老氏有妙論○大成自古本若缺○可知當日齋宫人○酒闌猶識坐中客○願君善刀好退藏○青萍會向薛門集○

熊敬生丈招飲紹興女兒酒賦此志謝兼乞餘酒

越州女兒豔於春東浦之水無纖塵女兒隨地出新汲良工釀作梨花雲女兒十五嫁夫壻開甕便得醇乎醇酒家南董精鑒別辨其清濁三路分上之致遠到京國中品乃在湖湘須雖然不得味外味湘吴醇酎難為鄰公從何處得此種豈殊九醖與十旬洗觥急為布瑶席縹醪瀲灩光照人彫俎綺肴不足貴直欲此酒傳千巡我生擇酒如擇友芝蘭入室揚奇芬豈無綠酃與白薄心欲受之鼻不聞感公一瓈分河潤不求豪飲惟含醺殘膏賸馥願勿弃他日漉以陶家巾

第四句与第五句未穩

大雪用東坡聚星堂雪韻寄左卿丈乞作東道

霜風亂打滿庭葉○一夜嚴寒釀成雪○開門看雪喜欲飲○瓶盡囊空復愁絶○室無藏酒婦亦歎○行沽又怯屐齒折○空齋袖手起復坐○茗椀將枯香爐滅○忽憶杜陵陳孟公○欲往投之寒掣掣○明朝時晴欣可覩○不怕回飈吹面纈○典裘換酒集衆賓○誰向跋牂噗嬰屑○（時余病足）要平公行樂共及時○百歲光陰如電瞥○公雖不飲偏愛客○況有新詩能講説○會須酒闌度短曲○好就靈丹點頑鐵○

和五叔大雪宴集同人韻

白日韜彩雲亦頑。湖天漠漠風景寒。誰憐顧協冬服單。琵縮無復能控摶。訪友頗怯行路難。梅梢積雪療饑飧。甚欲燕飲無後艱。歡咏謀此秉燭歡。大阮操筆登騷壇。有酒一潤吟喉乾。醉中自道非求安。論詩讀書得靜嫺。如晉陳訓不好官。豪氣直壓龍山桓。權場偶役同司闕。雲物百里同（閒）游觀。寫懷賴有清詩孱。何必更作山上山。我聞此意風生翰。矯首拭目窺星闌。太虛浩蕩萬里寬。遨然霄漢不可攀。欲語不語羞辭慳。安得江水洗我肝。化為秋露垂毫端。

豫安堂宴集 分題得烹茶

新茶來自鴈宕巔。李生好事手自煎。竹陰匝地如雲駢。爐鼎位置筠廊前。自拾柯亭敗屋椽。手汲揚子江心泉。銀瓶妥貼無頗偏。須臾活火丹霞然。瞑目靜聽湯候傳。寂寂乃似深山禪。忽聞笙簫來半天。旋見一縷飛青煙。蟹眼乍過魚眼圓。四邊水湧珍珠連。飛濤濺沫鳴弋鋋。三沸始得茶中詮。投以團月如墮鳶。一旗一槍相鬬鮮。乳花浮面雲脚旋。色與香味三者全。湘甆泛出清且娟。滌淨塵垢神諍便。清風徐來不論錢。兩腋輕爽飄欲仙。掇鑪洗鼎世慮蠲。一甌已足文枕眠。有夢不到紫雲邊。臥讀淵明止酒篇。

次韻答小巢并送其歸湘潭

蒼茫誰是孟嘗門烈士雄心恥報恩人到窮愁多感
事樹蓬礌砢歎盤根文章好定千秋業福慧行兼兩
足尊推食解衣吾豈敢願持明月照江邨
編茅成屋楚為門踐土都叨聖代恩殘菊共看留
晚節異苔差可比同根幾人車笠盟無負一老江湖
道愈尊惆悵歲除良會散文章詩夢到荒邨

光緒元年元日恭紀 乙亥

嗣皇繼聖值元辰大地歡騰景福新鳳詔頒
恩崇帝母龍顏有喜洽周親公忠尚籍綸扉力

明斷能孚外海民。北望　闕廷私慶舞。乾坤容得小儒身。

燕臺

燕臺一去太悤悤。歎息光陰幾陣風。偶到塵中爲過客。時從天上望諸公。不逢人問寧非福。喜得到春多未是窮。至竟清閒勝奔走。且將身世伴魚蟲。

春感

一點愁心撇不開。曲欄深院自徘徊。分無端已判花興。已盡文通作賦才。靜裏有香生筆硯。閒中隨意過池臺。當春易觸華年感。不共韶光去復來。

志過

灌夫罵座雖嫌莽，焦遂驚筵不失真。豈料詼諧成鄙俗，坐令踈放失交親。法宜小子皆鳴鼓，恥列儒生尚濫巾。自古多言能取過，聖門留訓說恂恂。

相鈞入塾賦此示之

我祖留餘蔭，綿綿世澤長。甲科聯四代，門第重三湘。負荷知非易，昕宵曷敢忘。晨葩休黙辱，處子自堂堂。繈褓見頭角，崢嶸就傅年。良時方婉轉，期汝着先鞭。多讀能嫻雅，成人在靜專。庭前蘭有秀，春色正蔥芊。

得子琴上海書並寄示紀游詩賦此寄懷即用

其題潘越橋孤山探梅圖韻

海上雲煙寄此身。梅花香送一枝春。人當落拓心逾壯。詩到狂揮景更真。圖寫豪情時憶舊。安排別思又從新。報君我便乘風去。萬里遥投明月珍。時余將有春明之游

將之春明適家介生叔自湘鄉以詩寄懷不及次韻呈此誌別

萋萋芳草綠如煙。南望龍城百里天。別緒遠牽楊柳岸。輕裘催上木蘭船。吟殘玉局難成和。挑盡金缸未忍眠。聞道欲歸歸未得。應憐阿買一悠然。

留別海粟樓蕙呈左卿治臣竹虛諸丈

原本容倚
附甘著夜

萬竹陰陰海粟樓。憑欄搔首望神州。時清有客能豪
氣（縱）親健容兒事遠遊。極目關山驚塞雁。放懷天地笑
沙鷗。儘教桃柳爭芳豔。不爲青春起別愁。
錦軸牙籤萬卷書。侈言流覽竟何如。文章要得江山
助。詞賦多工侍從餘。可許孤生成大器。恥將七尺老
鈔胥。東風若與鯤鵬便。願向雲程借一噓。
頻年詩酒且陶陶。長向元亭問字勞。翰墨有（墻開）緣容倚
附。甲兵（臺）淨洗足游敖。旁人錯認青雲志。故里難忘綠
髮曹。願聽聲聲珠玉響。隨風吹落九天高。
游蹤曾駐古燕臺。人海茫茫去復來。識定不迷三里

霧情豪宜醉十年杯也知兒女長相憶如此雲山肯
便回一笑出門春浩蕩大江東去浪花催

舟發長沙口號

挂席湘江曲乘風作壯游好春宜入畫仙侶恰同舟
談笑足為樂別離誰復愁白雲何處是倚櫂一回頭

晚泊營田見月

暮色四圍歛停船傍小橋波涵青草活月上碧天寥
漁火隔谿見榜歌前渡柖凄涼荒戍外孤負玉人簫

雨中泊高沙望

暮靄蒼茫何處邊浮湘重放洞庭船半帆風力衝煙

雨。一綫沙痕界水天。可有江豚吹浪起。坐令飛鷗傍洲眠。岳陽城郭遥相望。便欲凌虚一灑然。

洞庭舟中漫興疊用前韻寄懷同社

極目湖天倚柁樓。蔥蘢佳氣鬱南州。欣逢郭泰神仙侶。願結盧敖汗漫游。破浪春風催去鷁。近隄芳草稱眠鷗。洞庭一片汪洋水。洗盡頻年百種愁。

几淨窗明榻有書。風流豪宕意誰如。春光到眼郵程富。詩思迎人落照餘。擊楫偶思歌水調。炊粱先擬到華胥。北溟浩蕩渾無際。萬里培風一氣噓。

回首騷壇自鬱陶。酒酣應念旅人勞。離懷慣向歡場

結有客來從上苑敖自昔男兒多遠志即今同學半仙曹香山社裏如相憶會遺長安紙價高

快意雄風過釣臺舊游詞客泛湘江来蒼茫不辨岳陽樹瀲灩重傾湖上杯三度煙波歸眼矚百年憂樂總低徊懷人攬古無窮意付與東流一例催

遇風偶成

平生襟抱託鵬翔湖海茫茫意氣豪勘破悲歡真夢幻要持忠信涉波濤一帆風動鷗程疾五色雲生鳳闕高談笑歸來成底事湘靈應識舊吟曹

次韻奉懷介生叔湘鄉

夜梦去長沙。辭家淚如雨。醒時復自笑。孤棹仍安處。吾生湖海氣。恥作别離語。同舟若神仙。未覺長途苦。篙師亦豪客。談笑忘爾汝。觀其兵帆樯。周折中規矩。放眼復欣然。扣舷自吟咀。惜我季父愈。不得同遠舉。龍城獨留滯。斗驥乃相伍。閒居讀我書。任笑腐儒腐。新詩遠寄將。别恨吟箋補。買醉不成歡。高詠振今古。樓船去如駛。風浪莫予侮。頻年磊塊心。消盡在何許。欲為緱氏鶴。翔集玄芝圃。遥思饋貧糧。爛此一字煮。

揚舟泊螺山訪王仲興别後卻寄兼書余感

遥指螺山翠黛濃。到門芳草駐游蹤。雄談乍醒三秋

想見之三字太嫩

尚留与消受
不對名士氣
不穩

夢老學難親百代宗風冷北邙悲夜雁日斜東郭快雲龍忽忽一見旋揮手喚渡愁聽野寺鐘

羨君風雨對牀時叔氏文章想見之豈料曇花成幻夢可堪荊樹折連枝嗟余亦抱鴒原感搔首時存贏負恩極目江干長歎息池塘春艸綠離離

揚州晤毛澍陔歡讌累日別後卻寄

十年湖海各萍蓬何幸邗溝綺席同估客尚留名士氣俊游消受美人風愛依翠袖衣香細醉倚金尊酒令工快煞雲龍初把袂漫辭蠟炬五更紅

悞人千古是浮名又撇歡場出故城此地烟花工餞

別。誰家絃索暗飛聲。棣園話舊心相印。湖南會館舊為包氏棣園
蘭槳搖春夢不成。莫怪羈孤太惆悵。天涯難得弟兄
情。

贈歌者織雲

翠羽明璫入座来。神仙新自閬風回。劇憐絕代姿容
勝。難得逢人笑口開。秀色欲餐雲子潔。曼聲疑聽雪
兒催。一枝冷豔容相對。多事羣芳儘勸杯。
與卿相見不多時。三月煙花一瞥馳。解道綠楊能惜
別。作拋紅豆最相思。眼前春色難成夢。客裏閒情盡
上詩。回首歡場魂易斷。美人香草總情癡。

耀廡二字太生

謁露筋祠

綠楊祠廟正淮陰。勁節于今尚可尋。耀廡（殿壁）猶留名士筆（續）（祠有米海嶽記）。禱冰曾諒老臣心。（道光朝吾鄉陶文毅公總制兩江，適運河冰凍，糧艘不得前，禱於祠，遂解）虛堂鐘磬春風寂。隔浦帆檣夕照沈。恍惚靈旗來夜半。寒潮嗚咽水龍吟。

清江道中

籐帽蕉衫蕙帶飄。清江浦口客程遙。勞人妝束詩人味。落日騎驢過板橋。

宿重興集

繫馬重興集。蒼茫莫色生。濕雲猶在樹。小雨不妨程客旅誰爲訊。鄉園空復情。只憐一鐙影。相對守殘更。

## 宿紅花埠

雙槐交翠映迴廊。小院無風氣亦涼。料得獻軒東牖下。綠陰已上讀書牀。

## 過羊流店

幾株楊柳護神祠。裊帶風流想見之。我是公前不舞鶴。自憐毛羽太離披。

## 望岱

衆峰雲氣盪胸來。拔地東維一鎮開。詩到杜陵爭造化。勢連滄海愈（極）崔巍。澤人萬里崇朝雨。封禪千年何

處臺我欲登臨天欲暮夕陽芳草馬蹏催

過萬德店見道旁古柏始悟何詩蓀内翰所畫余扇乃為此樹寫照因走筆記之

柯銅根石太離奇古柏千年有今姿却憶月巖何内翰扇頭曾有寫老龍枝

張夏道中

誰喚開山壯士回鑿餘頑石亂成堆著鞭先藉長材用下坂須防直轡摧馬到崎嶇神轉王人逢磊砢意休灰盤根錯節尋常事大器多從坎壈來

渡齊河宿晏城次壁間慈谿鱗洲氏韻

塵沙莽莽接烟波。斜挂蒲帆曉渡河。行過長隄回首望。岱東雲氣已無多。

老槐交翠夾馳道。芳槿敷青護短墻。剛好征車行過處。曉風吹綠上巾箱。

輪鐵磨沙夜有聲。夢痕一綫不分明。忽聞啼鳥驚愁醒。又帶斜陽入晏城。

年來壯志未能銷。經過江山忽眶朝。為問青青官道柳。綰離還有幾多條。

德州

四更車馬渡河來。風景依稀舊夢回。猶記辛年停泊

何妨酒不醒

地滿船明月共深杯

新城道中

平原新雨洗塵顏官柳含烟綠可攀遥指翠螺明滅
處晚霞一角是西山

午節曉起

峥嶸令序遠辭家別恨茫茫何處（未有）涯底事日高驚梦
醒滿街争賣鼓兒花

次韻畲蔭樓

匹馬辭家不少留停驂蕭寺喜清幽斜陽樓閣開金
地佛國烟雲下紫郎心遠易醒人海夢夜涼疑入故

圍秋。長安底用尋新契。吟歗依然舊侶儔。豪宕如君孰與侔。文章自是絕羣優。天涯別夢三秋感。世外高吟一紙投。地接荒莊能習靜。才超平子不工愁。馨香鎮日盈懷袖。珠玉何人得共酬。

子玖齋中夜話

瑋分玦判各天涯。又踏長安道上花。可奈流年驚逝水。偶然小聚笑摶沙。深談覆手難為別。涼漏催人轉憶家。賸有多情明月在。照儂歸路影橫斜。

夜坐遲子玖不至

槐翠侵簾雨過時。涼痕一縷細如絲。塵中任結游仙

梦静裏微吟遣睡詩寒露下階蟲語砌濕沙淤路馬
行遲孤琴蘿逕空延佇獨客心情只酒知

送李洛才出都

乍識揚州李洛才太原公子裼裘來三生舊梦尋圓
澤萬里雄心邁郭隗論世欷歔頻看劍傷秋慷慨共
登臺知君素有匡時意湯擬牢愁付酒杯
底事棲衙角逐忙又牽離思掩金觴客中風雨同吟
歗海上烟波接莽蒼會遣文章酬淡墨要收山水入
奚囊詰朝送别無多語待趁春雲到帝鄉

九日偕子佩蔭樓詩蓀竹蓀濟臣游龍樹院登

首句閒字無著
言亦不醒

高還至春馥堂醵飲醉後有作

重陽風雨為誰開難得天涯共酒杯十丈紅塵同作客一城黃葉此登臺秋高鴻雁來何暮醉後琵琶聽可哀勝會莫辭更漏盡良時一去幾曾回

同八集陶然亭

彈指春明別五年又携樽斝上陶然樓臺清迥空人海巾笠蕭疏聚散仙風捲碧蘆三徑雪雨飄黃葉一林烟登臨盡閒愁落日邊

金貂翠蓋滿都城痱寞孤亭萬籟清山影淡從雲外落月光高向海東生未煩惘惘傷鴻雪願得年年聽

鳳笙試倚玉簫歌，一曲萬松風起和秋聲。

秋日偕子佩詩蓀竹蓀游天寗寺六首

天與清游福，涼風起白蘋。送秋憐客瘦，攜酒惜詩貧。聞道雁王好，能將龍性馴。出城還一笑，不負苦吟身。

傳箋呼勝侶，結隊過晴谿。草亂鶯蛩語，林空賸鳥啼。寺門因樹掩，墻影逐雲低。僧見清泠水，依稀似竹西。

萬籟此蕭寂，濃陰蓋一庭。山分墻角綠，苔上佛頭青。斜日荒蕪沒，餘烟野燒腥。空潭鐘磬落，疑有蟄龍聽。

野色含隄柳，秋痕到院苔。澗松雲卧冷，籬菊雨催開。樹古從人認，花多繞屋栽。是誰能蓺術，畫去不雕材。

山閣凌霄起。攀躋我獨能。名心隨境淡。詩債被秋徵。
叩寂依禪榻。談元續佛燈。忘言甘避俗。莫為世人譍。
老僧癡迎送。自掩白雲扉。帽影凌風側。歌聲出樹微。
幾回聞梵唄。多事著朝衣。便欲休官去。空門坐夕霏。

## 秋感

護落秋林鴈影單。可堪文戰又闌珊。高堂白髮臨風淚。孤館青燈照雨寒。墮地卅年俄老大。登天一第太艱難。姓名已分歸澌滅。莫向鴻都榜上看。
得失何關重與輕。青衫幾受涕縱橫。蕭疏異地驚風雨。淪落天涯有弟兄。不分羣才都下第。未煩秋士獨

傷情射雕身手依然健再劈講鷹獵渭城

雪夜同人飲春馥堂即席有作

散直歸来曳玉珂深宵風雪訪烟蘿花圍錦障香成霧寒到金尊酒不波笑側烏紗憐瘦影細吹鐵笛和清歌隴西舊是糟邱客夜半從他醉尉訶

移寓勞純甫户部宅并致賀受之丈張蔭樓兄

曲廊深院屋三椽家具新移小洞天賃廡舊聞高士傳題襟爭慕主人賢郎官跌宕金貲地嘉客迴翔玉局仙時受之丈蔭樓同寓今夕雲龍同把袂漫辭鯨吸酒如泉

元夕同人飲廣和居 丙子

平沙不動太呆
且与迎人不對

朋舊依依句
第三句言

試燈風細月華清。喜得同游慰旅情。靜夜觥籌飛綺席。何（諸家）來絃管送春聲。卅年未醒癡人夢。九死猶貪飲者名。醉後酣眠呼不起。蔗漿誰與析朝酲。

出都日詩蓀竹蓀蔭樓子琴仲阮棠（蓀）送出廣渠門揮淚而別是夕宿于家園感賦四律寄同人

一聲山鷓忽催歸。彈指征塵又上衣。來日親賓都汗漫。容程花柳漸芳菲。平沙不動留殘雪。遠樹迎人帶落暉。太息多情偏是累。孤行那使學忘機。

別時轉比別家難。朋舊依依（相對天涯）未忍看。幾輩知心情繾綣。一時揮手涕汍瀾。悲歡自昔皆虛幻。聚散從人作

作僕劍光不貫雖有日劍下又添健僕高然典又時用則未矣

叫字俚

舞波字与第五句複

達觀回首宣南魂易斷悽悽誰惜鴈行單

蹉跎燕市髮飄蕭强就歡場髭穿寥豪竹哀絲拚容淚坐花醉月數清宵座中沈約誰能識曲裏雲郎莫漫嘲畢竟風塵有知己未煩幽怨託離騷

小橋野店夜凄清把酒孤吟百感生作（客裏）僕劍光偏黯淡照愁（邊）燈影太分明歸裘卸月棲殘壘駿馬嘶風有怨聲忽聽啼烏催客起却疑宮樹語流鶯

天津

䆵花亂草滿天津當路憑誰翦棘榛巢（阿）閣舊聞丹鳳叫（集）舞（滄濱）波愁有（兄）赤蛟伸雕艫駛浪參皮服橫海登壇仰

相臣獨抱幽憂傳不得女嬰前日詈申申

賀純甫新婚時贅親洪汝舟廉訪宅

東風吹煖展花朝爛漫天津第幾橋蘭麝香凝青瑣闥管絃聲度茜紗寮（是日演劇）抽毫試畫修眉嫵卻扇低迎素面嬌為問催妝詩就未郎官一刻重春宵

晚行

日暮征途遠邈然傷寡儔星光寒不動風力晚逾遒野火前村引炊煙隔岸收誰憐行客苦何日返林邱

過雨

平野蒼茫起夕陰當春乍喜沛甘霖唐途得雨塵全

難忘与消受
对欠工

伯勞燕不可先
此燕用

洗遠樹籠烟翠欲侵獨客難忘星社散嫩寒消受酒
杯深不須衣被愁霑濕且慰三農望澤心

南皮道中寄懷詩孫昆仲四首

驅馬南皮道懷人首重搔直從千載下交誼想吳曹
密坐矜蘭杜分飛歎燕勞情絲連不斷誰與借并刀
容易長安市歡娛經歲來同官申舊約別趣託深杯
結佩深情託論文偽體裁石交誰得侶心字撥殘灰
競爽來羣季憐余淚眼看每當風雨夕羨爾弟兄歡
燕坐聽歌畲朝回話夜闌悽悽歎終鮮況是客程單
揮手一為別東都帳飲酣去留君未定聚散我何堪

世味由來薄，離情比歲諳。只餘孤往意，收涕望江南。

雨夜宿連鎮

黯黯燈將燼，迢迢漏正長。思鄉愁聽雨，憶弟夢聯牀。古驛春烟滯，荒村夜色涼。塵容憑洗卻，瀟灑送歸裝。

宿黃河涯和壁間江右劉虛谷韻是日上巳

平蕪一碧夕陽天，野火星星隔岸然。前度山花仍帶雨，即今隄柳又含烟。苦吟易觸華年感，作客難逢爛醉緣。記得畏吾村畔路，海棠開徧集朝賢。同鄉京朝官會於是日公祀茶陵相國墓前爲極樂寺，寺中海棠最盛，祭畢率飲福於此

回首京華又一天，黃河野店獨淒然。客程荒寂愁看

月。春梦婆娑欲化烟。修到壯游原是福。可知上第已
無緣。歸來整作邱園遯。浪說文章冠世賢。

渡齊河有懷叠用前韻

一春心事託微波。獨客將愁夜渡河。掬盡濟南千尺
水。也無襟上淚痕多。

楊柳簾櫳虛翠押。珍櫻珠門巷隔紅墻。無情最是初三
月。鈎起新愁到玉箱。

記取哀猿第四聲。曲中傳語最分明。當時若解輕離
別。多事尊前唱渭城。

惜別光陰一醉消。將離花發展花朝。於今只賸情絲

在○繫徧齊河萬柳條○

## 有懷

五載離情訴未終○階前蠟淚已堆紅○清游幾醉梨花月○別思初搖楊柳風○錦瑟不（罷）彈絃柱冷○金觴深掩水雲○空題名片紙依稀在○認取當年踏雪鴻○

落○日東都撤別筵○臨岐揮手意悠然○靈根淨洗金銀气○慧性能參木石禪○入溷飛英終古恨○出塵仙骨幾生○緣○陽關一奏難終曲○凄絕琵琶第四絃○

吳儂生長吳江曲○燕趙佳人敢鴈行○欲把箏琶拋舊業○本來烟水是家鄉○責逋競折陳生券○買醉寧空阮

尚猶不宜連用

箬囊解識儒（下上）腐無肉相煮葵燒筍送歸褱空負昂昂七尺身卌年同是不如人描殘眉樣難成巧滅盡心花不羨春金谷雲沈紅豆冷青齊烟起碧蕪新感時撫事增惆悵立馬平原一愴神

和翟家莊壁間女史韻詩未署名

北風亭午尚猶（併）寒僂指蛾眉許不堪壁上詩多烟水氣（趣）定知名姓在江南

者番又唱大刀頭漸解閨人憶遠愁料得金錢隨手擲計程三月下揚州

鰲陽旅次有懷

去年結隊走征車。彈指春深又落花。客路雲山成地主。舊游風雨各天涯。黃塵滾滾催輪鐵。白日堂堂感鬢華。玦判璋分無限憾（悔）。忽將心聚忽摶沙。

琛莊道中

漸漸怪石如臥虎。戴土披榛癡不舞。猙獰負嵎何敢（不）攖。何時曾飲將軍羽。我從泰安驅車來。春雨一洗山中埃。谽谺突兀起又伏。岡連峰斷何崔巍。霜蹄乍躍還復蹶。神駿豈復能馳突。雙輪觸處聲鏗然。坐臥不安愁硉矹。道旁觀者羣相呼。問君奔走胡為乎。聞君自有水石區。何用幾度經崎嶇。我聞此語動心魄。攬巒搴帷告我（晚過）客。閱盡世（歟）寄世路艱。何論山中一拳石。人情嶮巇多不平。一翻覆手難為情。不如石兮自守璞。雨淋日炙無枯榮。

曉行

騾綱掣車鈴。替戾警殘夢。月黑行不前。風清淡相送。空濛烟樹迷。杳靄雲山衆。僕夫不敢驕。執御勞謦控。海日方欲昇。萬里天宇空。林鴉噪侵曉。爭送好音哢。據鞍寫清歡。攬轡自吟弄。及茲東風和。晝解烟嵐凍。客程景不惡。卯飲嫌未痛。好春滯異地。猿鶴應嘲諷。何日尋薜蘿。相期老巖洞。

沂州道中

棃花淡淡柳毿毿。繚白縈青一路。酣春夢幾曾抛日下。韶華剛好近江南。沙平沂水攙紅雨。山帶齊煙滴翠嵐。瀟灑莫愁詩腹儉。澗蕊清肥野泉甘。

青駝寺

斷雲新柳接青駝。曲路紆迴策蹇過。疊石成橋猶藉草。倚山為屋半韋蘿。羣兒遮道忙沽酒。村婦當門自作歌。羨爾團圞風景好。滿天鄉思落金波。

峒峿道中

十里垂楊綠乍成。流鶯啼徹曉風清。行人遥指疏林外。道是江南第一程。

黏天芳草正萋萋。輭翠如烟望眼迷。一路游驄嘶不住。吟情只在畫橋西。

諸天鐘磬落人閒。隐隐琳宫晝閉關。滿地蕭疏松竹影。送人直上五華山。

小山平野一痕青。遠樹依微翠作屏。貪看好春抛午夢。眼光迎送幾曾停。

桃源道中

水淨沙明畫障中。輭塵輕蹴鳳頭驄。山園小屋多因樹。雲逐飛帆遠趁風。歸思催齊芳草綠。征衫半惹落

斜風下吹上加細雨字則不費矣

花紅舊游正是秋時節孤負桃源路未通

## 東浦舟夜

征衫彈落九邊塵夕照維舟碧玉津烟樹淡籠東浦月鶯花愁負廣陵春孤蓬短小艇前游夢短燭深杯獨夜人悵觸中宵眠不得繞隄鳴柝去來頻

## 清明

征途

晚飈摇落刺桐花惆悵清明未到家細雨斜風吹聞野哭石泉槐犬斷天涯傷心羹飯黃泉遠回首楊楸白日斜無限悲懷何處寄夕陽林外數歸鴉

## 淮安晤金雲樓同年廷棟賦贈

君居射陽湖我在湘水曲迢迢三千里何由接芳躅
一爲同年友便如手與足庚年貢 明廷高第標華
縟與君交臂失私意動蜷蜗誰昔踏紅塵一見快所
欲過從日不虛投贈情逾篤揮麈助清談雙鷄謀近
局名場逐隊游又遘三敗辱君才十倍丕亦下登科
録劉蕡悲蹭蹬追惜論吾屬科名何重輕祇爲鶩流
俗一行將莅吏斷梦何須續酒酣捫臍歎門外驪歌
促送君出闉都雲樹迷眩矚悽悽五月餘我亦泛江
淥淮陰好風景芳草綠如縟走訪故人居把臂滌塵
溽申言舊日歡俯仰百感觸浮雲一聚散萬錢不得

露脚斜飛方家
無此句法長吉雖
有之用法不同

贖及茲宦浙西如驥脫羈梏出為神明宰寬厚勝嚴
酷識君同此情与我共相勗纏綿意未盡贈我蒲萄
綠洗愁渺何處惟向酒池浴淮雲淡如織淮水清可
沃持此水雲心相期保金玉

月夜

涼
露脚斜飛濕客衣中宵倚櫂意遲遲孤蓬照月波搖
無声黙

影濁酒臨江夜誦詩淮甸樓臺雲盡處鉢池巒嶂雨
餘時韓橋枚宅今何在烟水蒼茫繫梦思

揚州舟夜

大江潮退翠浮空落日簾鈎映酒紅瓜步水低留鈞

舸艤山風小送賓鴻綠楊城郭烟波外金粉樓臺罨
畫中惆悵簫聲渺何處月明空照鬢如蓬

舟中獨酌懷陳韞原編修

吾愛陳無已論交似飲醇淡懷成獨行吾道仰斯人
豈是金貂貴能為兄弟親相期持令節莫厭一時貧
浮生三十載交結幾班行與我京華客懷君烟雨鄉
清譚嗟昨夢回首惜斜陽安得邗溝夜同舟盡一觴

陳樹齋徐彥臣陶春海毛樹陔分日招飲賦謝

揚州綺席幾叨陪又遣天涯泛棹來別路舊聯淮北
雨俊游重上竹西臺金龜換酒吳姬壓銀甲彈箏楚

尾句与第五句
意複

客哀獨倚闌干發狂嘯忽驚紅粉一時迴

酒闌

酒闌搔首自沈吟耶識桃源許再尋福薄鷄消傾國豔情真翻失愛才心更無傳語煩青鳥儘有閒愁付玉琴我是人間木居士祇餘沈醉卧松陰

偕毛樹陔鄭少星瞿子瑞游平山堂

平生豔説平山堂一聞其勝神開張如何兩度不得到連年夢裡空迴翔今年二月辭帝京烟花三月剛維揚東風吹舟下水疾綠楊正月（城郭）遥相望傳箋急呼詩酒侶便載蔬果携壺觴烟雲縹緲林麓靜十年

素願今當償天竺門外波如織雨三人趁如瓜航是
時天氣極清朗惠風習習吹嗚根盈盈一泓衣帶水
兩山時與船低昂弱柳拂窗遲姿媚林花着雨涵芬
芳清暉娛人不覺遠嘯歌直上西山岡老僧出門自
肅客修身碧眼頭如霜為言此地兵燹後山邱華屋
遂滄桑佛樓丈室盡坍塌坐令勝境皆荒涼十年宮
觀漸輝映誰其主者東城方（謂子箴都轉文）蓮龕菌壁接鷊欒珠林
寶地騰虹梁南朝四百八十寺亂後人意慈差强別
開蹊徑闢園圃疏花瘦竹連僧房洛春谷林舊觀復
歐蘇翰墨今猶香登樓四望天地廓隔江山影搖空

蒼盡收煙波入戶牖如陟天閶褰霞裳萬籟虛寂若有會雲中恍惚鳴鸞皇降觀天下第五泉以玉作檻銀為牀波瀾不起靜復靜粼粼恰接蓮花塘此是淮東第一觀古碑紀事言能詳徘徊流連未忍下使思散髮歌滄浪安能手築一茆舍松濤竹浪供相羊林鵶噪晚新月出諸天鐘磬隨烟颺歸橈晚動興未已相於倚櫂傾瓊漿醉裡山靈尚傳語秋風待我子滄洲傍

題湖南會館園林次壁上詩刻劉澄齋先生錫五原韻 園舊為包氏棣園

丈夫志不老邱壑。便欲躡屩登嵩霍。歸來闢土作園林。鬼斧神工妙穿鑿。棣園主人昔者誰。包氏雄才誇卓犖。錢豪恥作守財虜。手散黄金起亭閣。曲廊洞房自交互。玉墀彤砌何璀錯。梧桐秋雨窗三面。楊柳春風樓一角。名流觴詠少虛日。清景霏霏獨開拓。廣平援筆賦梅花。坡老脱鞋吟芍藥。勝游來已烽火驚。名園易主如行脚。十年人事幾變幻。後視今兮今已昨。誰歟腰纏十萬貫。滿江明月騎飛鶴。邇時鄉人盛吳會。賓館巍巍倚城郭。我來三月正烟花。到此如逢故鄉樂。連年奔走此暫息。衣上紅塵浣京洛。袜頭箕踞

披松風恍惚鳥飛欣有託興來泚筆不暇懶詩成醉
倒醽醁杓

登金山謹步　先大父文恭公壬寅仲冬偕查
崔兩丈金焦紀游詩刻原韻

突兀江天寺高寒閱古今樓臺疑鳳峙風雨助龍吟
莽莽雲山湧蒼蒼洞壑深登臨窮望眼不盡濟時心
寺門臨曲港塔影上層霄朗澈江心月遥吞海上潮
安禪依古佛駐蹕想
先朝却憶東坡老靈山解碧瑶
我祖留遺愛甘棠樹幾丫禪房傳紺憲詩碣蝕青花

悽惻三十載，謳思百萬家。老僧能記事，揮麈說門牙。
三度飛舟過，今茲踐勝游。軒騰湖海氣，負荷子孫憂。
述德悲遺硯，安瀾記運籌。徘徊下山路，擊楫又中流。

泊金山下謹步　先大父文恭公丙午二月自京口啓壩偕陳沈李嚴四丈登金山即景有作原韻

暮色蒼茫含霧雨，春波浩渺接烟雲。壇鈴尚憶東坡老，舟梦惟同伯雅君。鄰舫琵琶中婦怨，上方鐘磬半天聞。燈前贈畣惟形影，誰與聽詩到夜分。

将游焦山阻風雨不果

我梦游焦山○乘風發雙槳○維舟佛感洲○自踏烟蘿上○
濛濛濕雲潲○細細山泉響○峰巒幾重複○癡立神惝怳○
山靈導我游○授以仙人杖○拾級登層巔○一豁詩魂爽○
東來海浪高○西望江流漭○南鄰鐵甕城○北走淮陰蕩○
天地接混茫○烟雲飛莽蒼○及茲渺一身○萬籟空諸像○
徘徊左右顧○即景自俯仰○天風吹我下○山麓波濤瀁○
忽逢焦隱士○結屋松千丈○授我黃精團○飲我綠玉盎○
導觀瘞鶴銘○水底逢夔魍○神物有呵護○不許輕模倣○
遲遲出山來○回首失林莽○忽聞晨鐘動○驚破非非想○
狂風觸舟舷○急雨打簾幌○翹首望烟巒○飛波阻孤往○

引枕欲再眠庶續梦中賞此梦不可續勝游他日儻

過金陵

樓船西上擘驚濤倚櫂中流思杳漫江上石城誇虎踞雲間鍾阜尚龍盤六朝金粉前塵渺十載烽烟客淚殘攬古傷今無限意夜深都付酒杯寬

小孤山

渺渺中流一柱尊此峰何處種靈根樓臺倒影涵江浪烟樹成團掩寺門山月遠來秋似洗海潮初動氣先吞羨君終古無依傍獨立蒼茫孰與論

過九江寄懷李洛才

逸非晴雨何

故人不可見，一水隔盈盈。雲樹黯無色，波濤轟作聲。
雄談猶昨日，良會悵江城。持此長相憶，何由慰我情。

夏口

我来漢皋曲，不見弄珠人。倚櫂夜色靜，綠波空瀉春。

武昌

雲開遥指鄂王城，畫舫青旗夕照晴（值晚）。烟樹荆吳千里接，波濤江漢一流清。登樓好句（有）尋崔顥，撾鼓何人似禰衡。自昔奇才多[illegible]（感）遇，夜潮猶作不平聲。

黄鶴樓

江漢雙流合，奔騰匯此樓。白雲無盡藏，黄鶴幾時留。

笛破梅花落江空官柳秋憑欄幽興極笑我一浮漚

## 鸚鵡洲

懷刺歸來壯志灰臨風酹酒幾徘徊縱令黃祖非知己不信曹公也忌才末路空悲鸚鵡賦斜陽莫上鳳凰臺夜深滾滾波濤急疑是三撾畫鼓催

## 春晝

江水流春晝山雲共客歸相看嗟晼晚誰與惜芳菲月落青蘋渡風生白袷衣持觴寄幽興好是鱖魚肥

## 遇雨

雨勢東來急濛濛暗一江濕雲團葦舍漱水濺蓬窗

春色隨波去。離愁仗酒降。近鄉無限意。孤負洞庭艘。

洞庭舟中雨夜

落日沈沈一望收。濕雲隱隱四邊浮。烟波隔斷洞庭樹。風雨催寒楚客舟。鸚鵡杯深推勸影。鴛鴦衾冷砍驚秋。聲ゝ滴碎江湖梦。賸有孤燈照旅愁。

四月十二日到家

采得當歸慰客愁。便風吹送洞庭舟。十年獻賦羞華髮。萬里還家感敝裘。自昔唐衢聞善哭。由来李廣不封侯。無端却敲（往來贏得）湘靈笑。多事功名誤到頭。

疊字不宜連用

雲影依山鳥倦飛。歸舍池館梦依稀。春歸天上憑誰

此首無甚意味可删

詠○花落枝頭悟昔非○稍喜高堂能卻病○劉掾嬌女解牽衣○臨流欲濯滄浪足○一水如鉤遠釣磯○

哭毛季卿編修

中宵闐說玉樓成○旗鶴翩翾下太清○天與一官胡靳祿○帝當三試早書名○噩音竟報東坡死○癡意還疑子政生○料得夜臺長抱恨○高堂垂暮淚縱橫○與君揮手無多日○鶴唳空山明月寒○（得信夜梦季卿未誦此二語一揖而去殆相感召也）心醉後識驚生死訣○（出都前一夕尚為予作餞）痛餘始悟別離難○紅螺一擲孤䰟遠○白馬重來客梦殘○欲賦

大招聲哽咽待傾烟墨為題棺

病中訪蓮峰上人

燕臺為客動經年閑士幽居隔野烟萬里歸人偏善病十方無地學逃禪喜聞鐘磬雲邊落閒看松蘿雨後妍便欲破除諸色相憑君參透箇中玄

文信國公玉帶生硯歌

端溪水涸鸜鵒死慘霧愁雲滿柴市人閒猶有文墨賓帶腰玉兮身衣紫當年抱璞青谿滆流泉汩汩揚其波割雲鑱玉製作硯文人學士相摩挲景炎丞相天廟器珥筆從容拜君賜不愈辱國降虜表只書取

義成仁字○風塵須洞白日類○六宮夜上單于臺○降者
死者各有志○公猶不死胡為哉○浩然之氣蓋八表○雪
亮匈衿何皎皎○仰藥絕粒徒死耳○致身心事烏能了○
倉皇覔口逃餘生○飛書草檄徵雄兵○心堅如石不可
轉○四十四字留其銘○一身轉戰事不濟○勤王無復陳
旌纛○潮陽萬里動風波○生也流離走追還○宗社已傾
呂力危○天心去矣誰扶持○大風揚沙白晝晦○英死十
文騰歷歷○嗚呼生兮韋猶在○質雖存兮心不改○西臺
一變涕漣洏○与生慷慨悲滄海○抱遺老人薄世味○七
客賽中同意氣○濡毫寫作正氣歌○馬尾龍肝未云貴○

晶光爍爍三千年。身侶精金百鍊堅。迄今生在如公在。名姓何須鐘鼎鐫。

陳左卿丈賜題拙藁次韻奉酬

日莫驅車問字回。新題珎重抵瓊瑰。未煩司馬凌雲賦。親見元龍吐气来。儔侶定應三舍避。町畦纔向十年開。竹林追步吾何敢。浪說阿咸是逸才。

袁小翁賜題拙藁次韻奉酬

五湖歸客醉歌長。竹裏風来午夢涼。秋到煙蘿成獨賞。詩從懷袖發清香。銜杯妙悟浮生味。刻燭頻嗤急就章。甚欲商量消遣法。共君瀟灑送斜陽。

九月十五夜月集同人于芋園補作中秋家介生叔詩先成次韻二首

阿宜三尺學吟詠，臣叔豪情許共游。辛苦風檐偏對雨，婆娑月地慣悲秋。早知世上浮雲（名）幻，且聽樽前絶唱幽。願得騷壇身手健，城南高會幾清流。（八月十五適在場中遇雨）

廣寒不奏霓裳曲，（是科余得副榜，未赴鹿鳴宴）村笛山歌快夜游。知己但呼天上月，清宵同醉酒邊秋。長門賣賦心空熱，冷眼觀棋事亦幽。半畝霜蔬耐咀嚼，從他說餅擅風流。

張伯興賜題拙藁次韻奉酬

江漢爭傳一卷詩。伯輿詩爲監利王子壽刑部文所賞曾刊行其詩題襟今已十年遲。良宵共領青燈味。妙筆初投白紵辭長吉鬼才甘舍避。成連仙曲合情移。皖皖大集何終祕。留取光華照　聖時。

對菊

冷煙疏雨佩珊珊。老圃蕭條菊又殘。簾捲西風人比瘦。觴摇秋水夜添寒。干時莫信繁華好。入世須知晚節難。最是半開花耐久。幽姿留待雪中看。

小山慳吾伯輿皆有和作疊韻奉答

知君仙骨本珊珊。底事東籬獨抱殘。久耐雪霜心漸

冷慣鷲風雨夢猶寒羣誇香色迎秋早却笑文章媚
俗難莫怪柴桑偏愛菊此花開後少花看

有感而作再疊前韻

鐵網誰收海底珊百年鬢髮易凋殘波濤未信長江
遠風雪同憐易水寒萬斛閒愁催淚墮一身位置笑
天難酒酣自就燈前舞且任旁人醒眼看

次韻答小珊巢題拙稾

風雨清吟一卷開多君題贈更低回翾（迴翔）承華有慙無
補潦倒詩人亦棄才是處雲山隨夢轉頻年蹤跡被
名催閒中慧得梅花笑老幹縱橫卧草萊

得小珊詩句末篇書此奉媿 次韻誌

妙句幾同隔歲酬，每逢拈韻起閒愁。鹽車驥空存骨，窗紙鑽蠅未出頭。得意須防遭冷眼，憂時何用詡清流。榮枯至竟歸虛幻，獨行還師李巨遊。

謁羽臚先生洞泉草堂流連信宿承以二律見喜依韻奉答

百里林巒隔，吟聲何處聽。入門迎喜氣（時五孫世兄誕弥月），列座燦高星（伯源姑丈壬秋年伯同在座）。落日當階駐，流雲過竹停。相看真不厭，松柏古今青。

回首程門雪，流光去不知。今朝親壽相，幾輩列孫枝。

適伯高茂才亦至境好懃留句名傳喜附師青燈堪送老猶照寫烏絲

又次送別韻

歸棹臨迴錫蒼龍午夢遙山光迎客起酒氣敵寒驕
風浴情猶戀雞豚約久要喜公幽趣永未任筆鋒銷

小巢假觀同門全錄疊用前韻附博一笑

時樣宮裝十幅開轉思天寶重低徊處囊强半皆名
士着墨無多屈衆才未必初心今日負難禁時命暗
中催知君久被文章誤拚棄浮名卧草萊

贈小巢孅梅再疊前韻代柬

冷蕊疏香傍水開。雪中折得一枝回。化人久費調梅手。當代曾無戲蠟才。宮額翻新憐樣巧。檀心依舊被春催。膽瓶清供知多韻。漫擬芝蘭涵草萊。

小雪次伯興韻

單衣潑水不禁風。深院飄残雪意融。照夜乍驚窗紙白。泥人偏愛酒爐紅。龍公伎倆飛揚慣。鶴氅神仙點綴工。只有梅花能耐冷。一枝寒玉卧山中。

# 玩止水齋詩藁

幼梅自題

熊雨臚師用東坡石鼓歌韻題東洲先生所臨
漢蕩陰令張君表頌命依韻作
白日沒酉月合丑長星亘天詑童叟飛虹十丈貫躔
度下有風霆隨筆走當時書聖何道州妙蹟盛傳天
下口踵門求者不暇給穿穴戶限唯恐後片紙隻字
皆收藏屏障光輝十室九晚年取格在古茂上溯兩
京遺顏柳古碑寶墨日臨寫潑墨何曾計升斗自云
運腕得神助如手彎弓戟其肘摩挲古隸自揮毫并
視鍾王若稂莠就中篤愛張遷頌其書其人皆可友
年深缺畫細考据良醫豈欲遺馬穀有時蜿蜒似龍

蛇抑或盤旋似蝌蚪縱橫排奡五十年驅使烟墨已
逮喬得神得法無餘子當代雌黄空唧喉藏真天府
華石墨何數鸞彝與鳳卣不將姿媚悦俗目收視終
須笑朦瞍書成萬本高百尺如讀神碑登岣嶁行間
意態獨沈雄綿陟(涉)既多培蘊(厚)散落人間謂神物寶愛
何煩問誰某洞泉先生與公契癖耆公書破諸有常
持歌詠互吏酬適意忘言除械杻人生變幻嗟浮雲
白衣倏忽成蒼狗道州謝㱏經四載驂鸞駕鶴喬松
偶先生交誼世所無悵望晨星時矯首烟雲供養清
祕閣玉版金章誰擊揞山帽海內已流布願向書林

廣蒐取大書深刻誰任之貞珉淨洗無纖垢藏之三十六洞天定有蛟龍來護守先生為作墨隸歌詩字入同三不朽吟成更擊金與石二老與君同永壽

贈越南使臣裴殷年宗伯（名文禩）

聖朝寬大重懷柔萬里梯航溢九州金石鏗鏘南越樂琴書瀟灑洞庭舟勞臣偉抱空今古居士閒情數唱酬自悔少年誇結客盛名此日向人羞

涼風天末意蕭疏懷袖馨香一紙書（得拘叔書）湘上烟波都似昔復園花竹近何如頻年江鴈傳消息幾日雲龍得卷舒祇惜黎侯今宿艸空將清淚點羅裾

風帆沙鳥送詩来旗鼓中原角一回屬艸新詞收海
嶽槊花名論落瓊瑰朱軒喜入江山勝緑野終推柱
石才頗信清緣非偶合願持鳳舉向龍堆
輶卸朝簪返舊林懷人長抱百年心每思趙倚樓前
笛喜聽成連海上琹楊柳渡頭斜月好桃花潭裏碧
波深平原十日期無負細酌春醪助客吟
殷年有和作并貺西湖紙水香肉桂依韻奉謝
投詩渚在白雲隈贏得先生笑口開江雨連綿留客
住筆花璀璨鼓春来離情湘岍千絲柳舊夢羅浮萬
樹梅珍重袖中嘉貺在思君應築望仙臺

殷年來游芋園有詩依韻答之

霜寒風緊水程迂步入平泉一幅圖居近市廛喧湫隘春來花竹漸昭蘇歡騰四座觥隨破陣埽千人筆不孤斗室空爭小天地輸君清趣在江湖

次林發之鴻臚韻 名宏

石尤風急阻飛艫目斷南天萬頃湖放浪形骸談入妙聯翩主客繪成圖祇憑密意同相見各有幽憂且自娛至竟朝官遜壺隱客程猶切濟時謨

次黎仲簪學士韻 名吉

大千風月本無邊浪說蘭成數畝園披轄藉留觴詠

樂肯堂敢道子孫賢花因寒重遲瓊萼酒帶春香上綺筵料得今宵南阮（謂恂烁）夢獨騎鶴背嘯湖天

牡丹盛開約孫舅青刺史丈（覺道）蓮峰主人小飲舅丈即席寫牡丹賦此奉謝

先生瘦骨最宜秋偶趁東風作俊遊半畝池臺塵外賞一園花柳畫中收共諳禪悅開蓮社盡買春光上酒樓難得衰年身手健韶華無限好句留

舟發長沙

聚散風萍只隔宵滿天離思一身遙經秋蒲柳漸黃落入畫雲山多白描壯歲情懷長短劍頻年蹤跡去

來潮湘靈舊約誰能負極目煙波趁客橈

次舲笙灣河即景韻

半潭秋水細生波隔浦烟中發棹歌知是垂楊最深處綠簑青笠釣人多

萬里清江靜不波中流擊楫且高歌雲來風去渾閑事卅六灣頭感慨多

舟發武林

才卸征帆一問津又聞柔櫓出城闉別來舊雨情無限遊過西湖意便親老僕識途頻絮語宦游得地記萍因遙瞻北極當頭照浪說曾充禁近臣

泊臨平懷舲生伯魚
烟波同泛鴈来天客裡將離意
悄然領略湖光才眼底婆娑夕
照又林邊夕照庵在臨平山曾與二君同遊詩情
浩蕩隨流水梵唄清泠近夜
船知否短檠相對語臨平山下
不成眠

泊楓涇
一葉修竹隱平沙曲湖縈迴倚
釣槎水落斷橋扶石出林深
茅屋隱帘斜逕空日送殘陽
鴈薄暮心驚返哺鴉自笑浮
生無處著湖壖四首亦天涯

舟中夜坐
四野雞聲起披衣夜未央愁
心五更月寒氣一篷霜薄醉
情誰遣孤燈味轉霄誰知吴
楚地都在夢中忙

泊斗門
澄江如匹練圓月掛銀盆樹
遠波無影風平靜不諠酒
因尋夢醉燈為照愁昏寐
寐誰相問孤衾祇自温

寄内子蘭怡

本来夫壻是浮雲莫使離愁苦似醺願説平安占竹
笑恰宜瀟灑坐蘭薰㒵親待絜金盤膳穉子嬌牽玉
綫裙姤殺寒宵呼小婦衾裯斜抱只依君

大風泊閘港

海上風来捲怒濤荻花楓葉此停艘秋高舊日行吟
地詩憶同舟著作曹晚渡漸低雲漠漠深林如送雨
騷騷石尤多事頻相阨未敵元龍意氣豪

風定移泊九浦江

日斜風定薄寒侵晚更移舟九浦潯六七人家雲樹

外兩三漁火畫橋陰標燈瀉入秋潭影柔艣搖空故
國心一笑江南舊游客幾同孤櫂聽宵礁

婺陽旅店見題壁舊作伯鈞元芋小皆子謙諸同
年皆有和作感而賦此仍用原韻

頻年風馬與雲車望斷長安第一花牘有俗塵堆面
上喜留殘墨共天涯文章畢竟輸公等朋舊相看各
鬢華他日傳騣重拂拭可知敗壁已麻沙

黃河涯小憩見客歲題壁二律附書一絕志感

千風吹煗小春天野店停車又隔年惆悵舊題成讖
語於今上第竟無緣

出都有作

吟鞭遥指大江東臘鼓催驚歲終策馬怒馳千頃雪聽雞飽受五更風頻年作客神遊王一路哦詩句未工隐鵠伏鸞休見笑茫茫雲海戲羣鴻

目斷屏山十二峰仙都今被白雲封庭槐得氣春先透階藥留人夢亦慵五月待開金屋戎因風猶憶佩琤琮舊曹何事輕揮手華省回頭已萬重

且園小集

酒氣花光滿畫樓一宵歡聚海中漚門前待走青絲騎醉後翻添白髮愁隔座清歌催客淚滿天寒月為

誰秋無緣久作消寒集明日浮雲各去留

郊行

霜寒木落出西郊野寺迂程小徑抄時有林巒迎面起遥聞鐘磬隔林敲禅房一路圍花木野榼三升載酒餚若許結廬依古佛等閒紗幘許輕拋

懷詩藻舍人前輩

天寒木落鴈成羣帳飲東都又別君好夢如烟連渡斷離情侶水合還分驚心竹爆喧殘雪回首薇花隔暮雲吟到官梅聲激楚不知何遜可相聞

偶成

美人要我賦蘭箋紋卷俄鶯語幻呢蜀錦浪傳鱗六六越裳新貢雄雙雙價高薛下青萍劍夢醒瀟湘綠綺窗一樣文章難問世自来曹鄶亦成邦

朱樓

朱樓隱隱下飛瓊秀色神光照眼明十里青樓傳選傳雨行紅粉獨輸卿歌殘艷曲珍珠碎數到華年錦瑟鳴惆悵人間無短李劉郎座上若為情

銀河

望斷銀河織女星彩雲一片隔鈿屏江南烟雨迷芳草城北池臺掩畫扃苦憶眉峰常蹙碧誰將眼淚更

垂青於今張態空傳得吟到香山未忍聽

有感

鳳泊鸞飄黯不春無端棖觸一酸辛燈前湧許同心約林下難尋得意人三月烟花歸浩劫廿年雲海證前因一抔黃清淨槁山土好葬羅敷未嫁身

雪夜

匼匝雲會凍不開雪花飛舞逼舟來一宵風力衝寒霧百丈冰聲走怒雷客緒纏綿官道柳幽尋孤負隔江梅燈前孤影誰相勸頻倒金尊瀉玉醅

除夕淮安舟中

年年除夕興飛騰如此凄涼淂未曾梦醒江邊衾似鐵寒来杯底酒成氷扁舟書剑同孤夜故國雲山隔幾層淮北淮南無限意深宵坐冷一篝燈

元日試筆淮安舟中戊寅

畫裡江城倚射湖不須更寫歲朝圖守殘積雪孤懷峭泊此七日氷凍不前除却哦詩一事無隔岸笙歌聲漸起近春花柳氣潛蘇綠醽本是延年藥醉後還應倒數壺

舟行

舟行十日九日雪失雪喜元辰氷漸開遠霧更添山色氣隋好風時送棹歌来春田竹樹多生意遊遍江湖要

異才被道福星吾豈敢狂吟体待鉢聲催

揚州宿歐陽伯元家分司述家朋舊多移尊來話

懽讌之餘頻增感觸別後賦此奉寄

錦綉才華氷玉姿十年翻悔結懽遲尊前繾綣神仙侶花底沈酣窈窕詞紙帳當春寒不覺孤舟今夜夢誰知竹西亭下烟波渺悄悵香温酒熟時

艷福從來未易消判花心事柳千條雲烟過眼春無迹鶯燕撩人語太嬌舞袖幾時迴玉樹情絲何處織紅綃憑君一笛南飛曲吹送琵琶趁淅潮

焦山題六瀞上人所藏頎殘菴鶴慶太璞採梅

冊子圖爲殘菴畫贈借庵上人者失於兵某君得之以遺六瀞

名山例合住詩僧，參透梅花最上乘。居士閒情工點筆，文人慧業本傳燈。六瀞爲借庵法孫，工詩善畫。神仙約訂三生石，唱和萬高一尺繒。冊有殘庵、借庵唱和詩。失喜刼灰終不滅，長江靜夜白虹騰。

羅浮山下舊精魂，夢返蕉先一綫痕。香雪海中無我相，春風江上叩空門。此中畫真星鳳，當日松筠是弟昆。料得仙蹤應未遠，待尋太璞訪雲根。

贈蘄蘭友太守芝亭贈烟梅餘珍賦謝

偶然泛棹聽潮來，喜入春風笑口開。四壁圖書增福

壽一庭花藥見栽培身兼吏隱情原淡老戀湖山趣
自佳烟海餘珍勞贈予陳氏殘石刻刦灰三尺抵瓊瑰

觀潮叠韻柬蘭友

潮頭滚滚向西來十萬銀濤頃刻開石罅儘容波潄
漱随身終藉土滋培三山隱約神仙遠一鏡澄清氣
象佳小立未知衣袂濕露華無數點明瑰

和左卿丈見懷韻

海雨湖風滿碧濤忽傳尺素意深深閒情似水頻生
浪舊夢隨潮易上心作宦新添雲外賞懷人應費郢
中吟西泠巖洞無窮勝爭遲詩翁策杖尋

和家介生州寄懷韻

萍泛飄飄曲水濱幾番回首故園春風前慣聽傳高詠花底猶煩憶遠人湘岈早秋催畫舸（聞有八月東遊之意）海門涼氣入綸巾清時好鼓豪遊興佗向天涯笑語親

富貴浮雲轉眼馳觀空心事畏人知敢忘奕世家聲舊望使天懷太朴漓薄謀官只謀千日醉壯遊多得十年詩還山一曲憑誰唱想到南嘲北笑時

和竹壺文寄懷代柬十絕句

一為江海客時憶故鄉人長夏閑無事看雲楊柳津

闗河思渺茫奉席一時難只祝吟身健相期酒戶寬

# 玩止水斋遗稿

# 玩止水齋遺稿

何維樸署檢

# 玩山水盦遺稿

辛酉孟秋

道州何維樸

玩止水齋主人六十八歲遺像

繄予祖考　宗子維兄

學揆文獻　勳紹蕩英

芾棠甌越　松鞠麓衡

清高遺像　式穀雲礽

弟祥霖敬題

姻世愚弟徐楨立拜書

通奉大夫二品頂帶浙江候補道李君墓誌銘

錢塘　吳慶坻

辛亥壬子間辟地海上遇吾友李君幼梅僦居窮巷坐臥一小樓每過從感憤時事輒相向流涕閒用文字相謿謔以寫幽憂未幾君還長沙書問往復無閒丙辰八月君子相鈞赴告則君已矣逾年相鈞以狀來請曰葬有日乞銘其幽慶坻與君齊年交君久又同遭喪亂別數歲遽哭君其奚忍辭君諱輔燿幼梅其字自號和定晚更名吉心號定叟湖南湘陰人先世居江西豐城元元統初有諱肇湘者徙長沙明初卜宅湘陰縣東高華里遂占籍焉肇湘子基寬四川參將以武功顯其後乃世爲文

儒號邑中著姓數傳至嘉慶甲子優貢桂東縣學訓導諱疇以子文恭公貴贈光祿大夫如其官是爲君曾祖文恭公諱星沅道光壬辰進士翰林院編修累官兩江總督廣西欽差大臣是爲君祖文恭長子杭道光甲辰進士翰林院編修贈通奉大夫貤贈榮祿大夫是爲君考編修弟桓廩生累官江西布政使署理巡撫欽派督辦陝南軍務是爲君本生考曾祖妣陳祖妣郭妣郭繼妣徐皆贈一品夫人本生妣周繼妣姚皆贈夫人編修公之亡也無子疾革語周夫人曰娣生而男必以後我名之曰補孝以補我未盡之孝也時中丞公隨侍江南君生請於文恭公以爲兄後文恭命易今名以補孝爲乳名焉君生而篤謹事

徐太夫人能曲意得歡心中丞公官江西君侍徐太夫人於家年十一聞周夫人疾亟星奔南昌奉喪歸哀毀如成人十八補縣學生同治九年優貢朝考用教職兩署安仁臨武校官旋改官內閣中書光緒二年應省試已錄中矣卒抑置副榜第一君四試不得意至是承中丞公命以道員發浙江巡撫梅公才之俾督治海寧念汛塘工塘成賞按察使銜二品頂帶十年遭姚夫人喪歸服除以徐太夫人春秋高中丞公目眚而瞽侍養不復出越二歲徐太夫人卒甫終喪而中丞公薨前後居喪動必以禮輯讀禮叢鈔以貽後人二十二年再至浙權鹽運使者一權杭嘉湖道者三權寧紹台道者二權溫處鹽釐者三君之初

溢念汛也塘久墮巡撫用朱文端公軾尹文端公繼善成法改建魚鱗石塘累石二十層鎔生鐵曰籥曰筍縱橫貫之君櫛沐風雨躬自程督再期而蕆事凡築塘一千二百四十三丈有奇工頭某以事斥罷有賂重金乞補充者君峻拒之温處榷鹽釐舊用州縣官多務侵牟巡撫廖公破例屬君君大汰陋規歲益公家二萬金改聯票由運司印發宿弊咸革後再至三至帥前法如初台州濱海而民悍多奉西教民教輒齟齬黃巖廳萬德者虎而冠仇殺教民牧師趙保祿恣恫愒君捕誅萬德而拒保祿所要挾者保祿揚言其國將以兵艦至君陳大府請密爲備務鎮靜大府謂君張皇解君任比去官保祿乃曰李公廉明胡

遠令去耶其三權杭嘉湖道也有南龍頭之役南龍頭者介西
防中防間自石塘外斜出海中殺潮勢空其内爲溝槽下柴埽
實之層累踰二丈凡爲工九百九十四丈其年夏颶風壞塘南
龍頭未墮者纔十六丈會秋潮盛工無所施乃儲偫薪椿九月
嚮盡經始下楗越明年六月工始完有忌者用蜚語播京師御
史某摭拾劾君冒銷工未就而塘已墮詔命兩江總督魏光燾
按其事悉誣枉魏公奏雪之君嘗以直言忤同寮某乃致此其
後省城復設塘工局卒以君督理之在浙三十年始終任塘工
事念先世清白吏恆厚自刻責橫被誣劾卒皎然不欺粵督譚
文勤公疏薦君謂踐履篤實可倚任他日倘貪污敗事願與同

罪其信友獲上如此君居工次久苦目眚或嗽上氣引疾乞休經年而後瘥尋遭國變僑寄滬瀆沈憂積疢子若孫奉君歸歸三年而卒丙辰七月初四日也春秋六十有九配張夫人淑愼有令範先君卒生子縣學生江蘇補用知縣相鈞側室楊恭人生子河南補用知縣相綸爲本生叔父輔焯後側室辛安人生子主事銜相慈女九張夫人出者五楊恭人出者一辛安人出者三唐植廷賀家僡翁光奎譚繼祖賀家湘陳嘉薈盛霖其壻也其二一尚幼孫運允縣學生運符殤運丹曾孫慶頤慶培相鈞等葬君善化河西七都胡家灣之原君勇於爲義里居日嘗捐屋徹爲大池號水倉以備火患布政使某惑形家言將廢之君

持不可善後局災賴水倉不爲害咸豐初賊窺長沙陝安總兵
福誠潼關參將尹培立扼守石馬鋪戰死祠祀久闕墓且隳君
創議建祠葺其墓爲友人徐春生償急逋萬金拼徐於危而不
欲與長官抗爭人尤以爲難吳縣孫憙官黃巖臨海治盜得民
心其殁也遺孤女二其友朱顧各育其一顧貧甚君從顧攜女
歸及笄擇仁和鄒氏子嫁之與鄒約再舉男以後孫勸台郡人
士醵金權子母爲孫氏子給饔飱不足君又自益之浙人誦君
風義不衰君工爲篆分書篤嗜金石手撫漢魏碑版文字雖病
中不輟著海塘圖說玩止水齋詩草返魂詞若干卷然君守家
誠恆不自表襮晚丁百六益厲風節頫冤苑結抱無涯之悲閉

門奄疾怛焉委化於戲其可告兩世先臣而無愧矣是宜銘銘
曰
衡岳降精生傑人將相接武紛騰騫觥觥文綦開厥先蒼梧應
讖悲驂鸞詞臣趾美扼無年嗣息遑起稱象賢築塘捍海福浙
民輩致鐵石摹芟薪南箕翕舌相排拫卒砎如石磨不磷晚入
裸國躬自完呵壁憯澹湘纍魂三世忠亮世孰倫喬柯淩霜今
幾存河西之鄉莪新阡千禩不滅眎此文

# 玩止水齋遺稿序

光緒己丑余將之官京師李君幼梅祖於芋園芋園者君大父文恭公歸田之所搆也花石巖壑突兀蓊鬱如在深山窮谷中於時湘中譽髦蔚起觴詠無虛日率集於此倚君爲東道主人最爲里門盛事當道光癸卯鄉闈先從兄季持領解君尊人梅生編修亦魁五經文恭於先伯大父爲翰林前後輩方撫關中喜兩家後起有人臚敘家世甚悉見於文恭日記故吾家羣從與君家諸父相得甚歡余與君角逐名塲連不得志於有司輒於試院或酒坐扼腕嗟歎君既兩貢不舉試吏浙江余遲遲廑乃通籍觀政工部其阨一也臨發惘惘執手爲別自是歲一二

通訊問甚乃數歲不相聞然每一書來必曲盡悃款如同作諸
生時迨國變後令子衡伯子扉亦懷奉君還芋園余蟄居冢廬
子扉偶一迎君鄉宅相距密邇邂逅載逢傫然俱老乾坤已毀
舉目皆非對坐熟視久之不作一語已而各述別後遭際盤錯
齮齕極摧殘誣罔陷阱危厲懍乎在前曆九死而不易其守幾
無事不與余同而君開道所更當官行事規畫久遠竭忠盡智
蘄達所居圖昭昭在人耳目不可沒也君旋還會城寄示本生
尊人黼堂中丞孤山訪梅圖比依中丞原韻歌詠其事君未嘗
不稱善越歲而君赴至矣搦管哀誄不能成聲既而鄉里兵禍
益橫余與子扉復遯上海跡類居夷無復人境子扉出君玩止

水齋遺稿請序余惟君以貴公子席履世德折節讀書博涉經籍旁通篆分金石之學盡交海內名流切劘悅研所爲詩詞無夷坦險巇胥本其性情識解發抒塗澤於苕生船山爲近獨其意趣所至往往爲游戲俳昆諸體要皆止乎禮義夫日月百穀草木必有所麗以成形文辭亦然豈好爲是蟲魚月露勞人思婦之瑣瑣哉亦以所寓之懷所託之志不有物焉以寄之莫能相肖毛氏詩序所謂比興鄭司農謂比之與興同附託外物比顯而興隱於易爲離蓋即麗之義也司空表聖曰俱道適往著手成春歐陽文忠稱楊大年語笑諠譁不妨締思則信乎緣情綺靡君蓋得之每念鄉邦朋舊日即寥落如晨星於君尤不

勝身世之感安得起君九原重傾肺腑一雪生平抑鬱坎壈之憾因詮次兩人始終離合弁之簡端不復拘牽義法使子扉兄弟知吾兩家之所由來者遠矣長沙余肇康時年七十

# 玩止水齋遺稿序

吾湘名德文章之盛嘉道後推道州何氏文安公淑質貞亮爲時圭臬其家歷數世率循彝訓兢兢未之或渝其稍後於文安而學行克與媲并者厥惟湘陰李文恭公後之人仍世濟美弗敢有以自放亦惟李氏爲舉首非其它憑藉勳閥不再傳卽以失墜者所能跂也光緒中宗鵠讀書妙高峯本生先君子偶挈訪幼梅世丈坐移時丈出佳釀畱共話金石之外兼及法越用兵事深情往復嚮暮乃罷酒比出先君子爲言丈生華膴富藏書孳精殫思性行修飭在浙尤饒治績梅筱巖譚文卿兩巡撫皆倚重之是其於文恭爲欲繩武無忝者予心識之不敢忘當

是時中土差安兵戎不起閭黨桀黠之士方各倡爲營競捐棄廉耻以蘄致身於通顯其蘄誠遂固張甚不亦恣爲淫靡若禮法非爲彼設一二迂藹者又皆習爲媮惰絕不一知振迅此倣彼倣其機遂莫能遏馴致末流之禍無形貿被之國家則倣俗中於人心之憯不復悟者積漸之勢然也丈養親里門用父老推董善舉故耗金踰萬莫之吝葢生平度溫氣靜固不足以累之或偶發爲詩歌亦皆任天而動嘗言作詩之道如人然爲介爲通尙自然不尙矯飾詩者風雅事必欲刻性天泥時代標格律揣風神冥情直前擿埴索涂不一返得非心有所蔽愈求而愈遠乎適見其惑而已矣是故丈之爲詩不主故常亦動與古

古會顧稿多棄置不甚惜人事遷變復多散佚衡伯子扉兄弟乃能展轉羅輯護持於頻年喪亂寇盜焚掠之餘其廑至矣予行不諧俗而頗爲文所禮重丁未春杪既損書約游西泠俾攬湖山之勝晚歲旋里復延居芋園精舍命少子相慈孫丹曾孫頤三人者從予受業水木明瑟中暇時縱論古今往往有精闢詣微語年且七十神志自淸一日以陳宣屬篆晚紅館額並出示自譔聯語老僧以不見不聞爲樂其人在若存若亡之間談甚愜也未幾寢疾不數日終以不起耆舊淪謝聞者惘之烏乎世變糾紛湘亂尤甚豺虎搏噬殆無寍宇茲編寫定之後鋟版已成迴念本生先君子聽濤唫館詩古文辭稿弆存篋衍猶力絀未能授梓每一陳讀

不自知其僂愧參併已世愚姪易宗鵠謹序

玩止水齋遺稿序

余素不喜爲詩且憚爲之以謂循古及今工詩者多至不可勝紀近余所見詩未必工而好爲之者抑亦多焉余不能及乎工詩者又不欲爲好爲詩者天下之事但擇一途焉以自處終身由之而不能盡何必詩哉以不詩故遂竟不與人言詩友人有工詩者閒得其集讀之歎服而已而內兄李君幼梅夙以詩名余不惟未與言詩且未嘗見其詩迨君歿數載余避兵海上逾年而君之出嗣子相綸亦來奉君詩見示葢與其兄相鈞弟相慈所同編校者將付剞劂問序於余余受而讀之格調高負音旨諧鬯以視古今作者所謂韶濩異響而俱悅於耳繪繡殊製

而并炫於目也其詩餘則出入玉田碧山諸家亦淸婉可誦葢君生長世冑祖父兩世皆有傳詩家集裒然成帙爲世寶貴君早承庭訓絕無貴游之習質敏好學最工漢隸文采蔚然僅以明經中副車出爲兩浙監司屢著聲績復以其胸中所積發而爲詩宜乎與古今工詩者方軌而并騖斷非近時好爲詩者所可及也獨憶光緒十餘年間君自浙歸長沙侍養里第余亦奉親不出時值承平無事君家芋園亭館之勝甲於會城余每省外舅中丞公出必詣君或相從飲讌於園中與友壻何棠孫姚假詞三人者必偕兩君亦工詩余雖皆不與言詩而縱論今古諸謔閒作以爲人生聚首之歡無逾於此迨後散之四方遭值

國變棠孫客滬上以卒余與君及俶詞先後歸城郭人民迥非其舊君則居芋園之北偶一過從相與咨嗟太息慨日月之既逝痛時局之日非昔時遊讌之盛不復覩矣未幾君歿俶詞亦歿余傫然客居既老且病未知何日得返桑梓此則讀君之詩不能無盛衰離合之感者也然君既有詩可傳將與君家先集并垂不朽相綸又賢而才不爲流俗所汙染相鈞厚重端謹今雖已歿其子皆能自立相慈亦克其家不僅足以傳君之詩且以卜君之門業永久而弗墜此又足爲君慰者爾爰序而歸之相綸云善化周聲洋謹序

[illegible]

和左卿丈見懷韻

海雨湖風滿碧潯，忽傳尺素意深深。閒情似水頻生浪，舊夢隨潮易上心。作宦新添雲外賞，懷人應費郢中吟。西泠巖洞無窮勝，爭遲詩翁策杖尋。

和五叔父寄懷韻

萍泛飄飄曲水濱，幾番回首故園春。風前慣聽傳高詠，花底猶煩憶遠人。湖岸早秋催畫舸（聞有八月東游之意），海門涼氣入綸巾。清時好鼓豪游興，佇向天涯笑語親。

富貴浮雲轉眼馳，觀空心事畏人知。敢忘奕世家聲舊，坐使天懷太樸漓。薄宦祇謀千日醉，壯游多得十年詩。還山一曲憑誰

唱想到南嶠北笑時

得歐陽伯元書卻寄

參商銀漢渺難通結想應知處處同尺素忽從雲外到閒愁偏向酒邊攻前游邗上煙波遠自昔廬陵翰墨工咳唾九天吹落徧幾多珠玉舞東風

雪中曾泛五湖舟步入平原十日留愛客頓忘新結契感時爲洗舊牢愁搏沙小聚今虛幻捍海勞身自拍浮別後風懷猶未減連宵清夢到揚州

柏酒椒盤做畫筵回頭歌舞已成煙鉤人怯看三更月彈淚難聞第四絃翠袖飛雲誰織素紅鐙倚玉更書箋天涯淪落同長

恨怕聽聲聲喚杜鵑
鶯愁燕懶可憐春閒煞高樓望遠人殢雨光陰三月暮聽潮心緒一番新簫聲隱約來千里帶水縈洄隔幾塵渭樹江雲勞極目期君莫厭寄書頻

和竹盧文寄懷代柬

一爲江海客　時憶故鄉人　長夏閒無事　看雲楊柳津
關河思渺茫　奉席一時難　祇祝吟身健　相期酒戶寬
珠玉隨風墮　含情咳唾時　郵筒無限意　赢得幾人知
十賚何璀璨　難將木李投　寸心期自獻　不敢玷清流
聽鼓渾無賴　頭銜黜散仙　紅塵今墮落　浪說竹林賢

時事艱如此慚非幹濟才但憑調燮力引領望三台

此地蛟龍窟危哉一綫塘所期水晶域旌旆漫飛揚

一裹新茶熟曾無十片多晝長宜遣睡莫厭品泉苛

聞道新居好能容辟世翁嘯歌聊自得吾道任汙隆

詩事今全廢惟餘信筆書暑中祈保衛道履更何如

題杏岑將軍果爾敏西湖十景行樂圖即以送別

將軍不好武用杜句文采冠當時節鉞新承寵湖山獨愛奇高懷輕組笏妙筆寫鬚眉一卷荆關在披圖慰所思

帝錫嘉名早功崇十八班珊戈揮海甸金印懾夷蠻聖代烽煙靖勳臣日月閒清泉能比潔第一重吴山

卓爾青松操雪霜無所欺不貪儒者寶敬放聖人慈奉詔歸程
疾躭吟旅騎遲六橋回首望煙柳絲成絲
聽鼓來何莫高歹氣象雄黑頭推碩輔青眼愧阿蒙此別湖天
遠清游畫障中明朝帆影動極目五雲東

次方退園年伯鼎銳過碧浪湖用鮑明遠韻之作

昨夢過湖州如乘海東雲瀰漫煙水闊苕霅無由分忽驚鸞鶴
吟仙樂空中聞悅兮若有悟此是西山羣願言長臥游草堂休
移文

清晏堂夜宴疊用前韻

海上苦連雨饔頭撥梨雲相攜過鄰翁主客兩不分短笛和清

歌風前時一聞此樂恐見妒彼哉冠佩羣輿盡茗艼歸天籟忽
成文

次退圜年伯吴興道中書所見原韻

三日天風破曉煙嫩寒不入浙江船秋清雖稱孤舟夢境好應
思二頃田湖月雨餘聞鶴唳海潮霜落喜龍眠山川最是公能
說未讓吴興舊隱賢

呈退圜年伯

官廚煙散夕陽沈瀟灑巾衫坐綠陰揮麈喜聞談屑落傾螺渾
忘酒波深秋隨墜葉飄華鬢人與幽蘭共素心祗負平津招客
意惡詩猶費夢中尋

菱舫廉訪惠年畫雲山無盡圖障予用東坡書王定國煙江疊嶂圖韻賦謝

蓬萊閬風魂夢邊劈劈飛出瀟湘煙高堂素壁忽變幻直視萬里神悠然盤松絕似龍入雲俯石又若馬赴泉綠林野屋自映帶峯迴路轉開平川尤工遠勢破漻泬金支翠旗來目前雲山蒼蒼無盡藏水墨傾瀉青冥天公居齋谷擅幽勝好山好水分清妍憑公妙筆寫仙境霞芝之露朮當成田若令身入畫障裏便須招隱三千年池臺鐘鼓漫烜赫綺羅粉黛空嬋娟據梧倚竹不復起莫笑此中難得眠窮谿絕壑更搜討相於共詫仙乎仙風塵一墮夢不醒臥游豫借看山緣讀公畫幅識公意篋中定

有滄浪篇

和陳堯陔韻

枳棘羈棲鸞鳳身自來才調軼羣倫安時坐待風雲會樂歲欣霑雨露仁宦海及今初涉險硯田終古不憂貧相看無限傷秋意輸與當年作賦人

韡之約看菊

叢菊方開待客看且持良會趁秋闈花爲四壁香成陣酒盡千鍾夜不寒一作花香入細渾無迹酒味和神不覺寒坐久渾忘衣點露雄談未惜舌翻瀾多君鎮日東籬下滿地金英足夕餐

復東韡之

故人要我黃花約入室幽香雪沁脾難得湖山容作宦爲嫌塵俗自求醫良朋不隔銀塘路縱飲拚翻白接籬苦憶芋園簾捲處西風人影在罘罳

東閣

東閣幽閒集衆賓未煩太守說清貧琴尊不厭招尋密簪組何曾束縛人勝侶情豪宜痛飲秋花影瘦是前身興來欲寫滄洲趣詩境猶嫌隔幾塵

停雲

停雲落月夢依稀瀚海天高一鴈飛詩酒有情能作伴湖山多趣便忘歸合離慣聽風前笛冷煖須添雪後衣同是客中滋味

好擁書寒夜掩雙扉

秋日賀毓仁招同羅樹珊刺史陳介卿鹺尹丈唐韓之舍人游理安寺

聞說九谿曲名區現鉢曇煙霞通古洞水石鬪精藍積歲勞幽夢涼天得縱探興來聊自適勝賞未嫌貪

一路行吟處閒情馬上多湖光涵宿雨塔影俯清波小市炊煙沍疏林曉日過相逢僧話久無奈劫灰何

峯巒靜容與巖竇杳蕭森引路松杉密到門鐘磬沈草橋清露點樵徑亂雲侵甚欲謝時去翛然鸞鶴襟

老桂何年種一山無斷香有時飄細蕊隨意上奚囊得實知仙

境參禪悟靜芳此中眞趣永攀折久相忘
草草安禪榻熒熒見佛鐙壞牆堆翠蘚古砌臥紅藤小志存孤
本殘碑有舊徵蒼茫夕陽下憑弔記吾曾
倚壁支危檻甘泉萬古渟諸天留法雨幽壑走繁星潄玉花陰
碧跳珠蘚磴青一甌茶味足何事讓中泠
長齋宜米汁精饌設伊蒲風味殊塵世吟身在畫圖劇憐蕭寺
廢都愛小樓孤談笑渾忘別雲嵐淡欲無
不覺淸游倦羣公酒力豪長歌出金石故侶結蓬蒿送客風遙
起催歸月漸高未須愁酩酊吾意且陶陶
恭次五叔父丁亥元日試筆韻

風雪能令視聽娛箇中春信已潛蘇一庭金翠輝名閥半畝田園臥壯夫操璧有心憐馬齒挽弓何計射龍鬚春盤且盡年年樂未必東皇肯負吾

和景庭四弟丁亥元日試筆韻

移山癡念學愚公四十光陰水向東心跡清瑩爭雪白影形贈答藉鐙紅幽懷不盡興衰感一室猶能笑語同我願屠蘇長共醉年年騎馬過新豐

和景庭四弟丁亥除夕韻

快極十日雪朱陽不敢驕一年此如意酣暢到今宵舊夢千秋感前程萬里遙相期良歲月莫遣暗中消

戊子元日試筆

四十一年彈指到元龍意氣儘粗豪園亭稍喜花枝茂風雪從知酒價高（歲朝西北風主米貴元旦値癸亦如之）不分生涯甘菽麥幾時心跡剪蓬蒿腐儒舊是無聊賴長遣幽齋筆墨勞

恭和五叔父戊子元日韻

不嫌鶴瘦與猿頑靜養天機俯仰閒心遠更增詩筆健書成待染紙痕斑怡情小院春如海謝客新年晝掩關祗有家庭眞樂永連宵肯聽酒杯慳

和景庭四弟戊子元日韻

天閑騏驥待孫郵控御休低金絡頭伏櫪尚羈千里志著鞭須

快卅年游藹藹嘯入青空遠得得行時紫氣浮翹首皇輿雲物麗願君馳騁趁春秋

和佛翼七弟戊子元日韻

桃符爆竹送流年手把君詩一粲然自有性靈欣獨得相期塵俗莫輕牽門庭挺特三珠樹爐鼎氤氳五色煙我願春華長努力義方時憶十年前

和黃子鈞表叔戊子元日韻

雲物昭回筆下春聯篇都爲慶元辰飽諳世味皆如意盡頌豐穰我取陳百歲流光休負酒一生清福在甘貧祝公詩力隨年健長共騷壇作幸民

題江建霞標日本女郎小華生畫象冊子

倚雯樓主人以東瀛女郎小華生小影屬題憶癸未冬

舟過申江曾與小華一面悤悤走馬不知其能詩也

今覽此冊猶恍惚小閣圍爐瀹茗聽曲時爰綴舊事

成六絶句

驀從畫裏認眞眞十二年來歲月新輸與江郎一枝筆替花傳

出好丰神

情深大海亦微波方信才人豔福多不是神光有離合也難消

受洞仙歌

當年一舸蓴淞來愛日晴窗面面開記得水晶簾子下看梳雲

髻插珠釵

芙蓉滴露香蘭笑長吉句別有幽懷託四絃此曲已隨東海去從今莫聽鷓鴣天

讀罷題詞意轉淸焚香我欲拜卿卿年時覺悔悤悤過未識妝臺點染情

試鐙風小屐芳華把卷淸吟日未斜滿眼春痕庭榭好願留餘地種櫻花

贈湘彩二絕

淥江春水幾時生一入湘流便作聲祗有湖光足呼吸尺波千里共雙淸

香羅疊雪綺成霞，同是輕盈舞袖斜。我欲鮫宮通一語，爲郎乞取製衫紗。

次韻和許榆園 增 丁酉元日試筆

難得婆娑自在身，愛從林壑葆幽眞。有如鶴壽不知紀，行到壺天盡是春。榆園有三鶴 索句定應開口笑，論心幾輩比肩人。草堂韻事流傳舊，歲月年年總覺新。

茫茫宦海再來身，變幻雖多我自眞。鐘鼎漫籌千歲業，湖山願釀四時春。喜霑微祿常知命，余於去歲權浙江運使三閱月 別有孤懷懶向人。一事於今消不得，梅花空羡甕頭新。近飲酒輒病不復能豪

日本村山節南 正隆 爲題越南阮恂叔詩札卷賦謝

舊聞海客話東瀛，悵隔煙濤幾許程。夢入櫻花香縹緲，快搴華藻論縱橫。山川絕勝皆能說，笙磬同音底用盟。韻事輸君新點筆，幾回振觸日南情。

次韻和許榆園癸卯元日試筆

喜聞鳴鳳協歸昌，盛世耆英總健強。玉杖每嫌扶老贅，金鍼頻爲度人忙。廿年縞紵盈筐篚，元日詩箋徧省堂。戴勝簪旛應一笑，百齡仍是少年場。

莊堅白太守人寶以惲崧雲中丞祖翼手札冊見示因題

展卷忽悽絕，斯人不可尋。幾行經世略，千古大臣心。我亦傷知己，因之淚滿襟。空餘古調在，吾意欲椎琴。

得酒甚良贈崔磐石觀察永安騰以一詩

偶然開甕得良醞坐憶宗之方舉觴故遣麴車飛速去流涎莫學汝陽王

仲黼觀察常黻如蘇書扇送別

風雨作秋意忽聞君欲行依依江岸柳搖曳若爲情别恨蘇臺古孤懷湖水清卻愁離索久何以慰吾生

與子論交契余情其信芳偶然生感慨斯道漸微茫高躅日以遠相思不可量因之媚明月照影自徬徨

雪夜撫許榆園所贈大薰爐有感

覆手不知寒深談欲再難哀君不如火火滅可重然噫吁嘻火

滅可重然

題費皝卿軍門金組蛟門奏凱圖

海上逢君意忽愜己亥余權寧紹台道始識皝卿英姿颯爽驚人眸蛟門戰績耳所熟嘗統外海水師駕水近局情相投調統嘉湖水師當關一夫不可去果泉中丞誠勳調之赴皖離帆千里誰能留紳耆請留於大府不允展圖使我歎復歎詩成擲筆心煩憂

題石門吳伯滔滔摹石谷虞山圖卷子爲哲嗣待秋作

舊說疏林子闇名三十年畫圖時在眼相見恨無緣競寫虞山勝疑爭石谷先此中有眞意留待後昆傳

題王馥生自寫小像

塵海茫茫著此身知君俛仰不隨人一腔抱膝長吟意祗合鐙前自寫眞

廿年面目重相見老去丰神異様淸識得幽懷如介石一拳依倚訂三生

訪楊伯新觀察葆銘適許南友太守星箕劉鶴笙頌年陳禹丞鼎兩司馬先後至主人畱飲出扇索書賦詩紀事

河橋日將落返照子雲宅言尋素心人三五不遠客花下開淸尊秋氣涵虛碧主人精書畫卷冊眎妙蹟索我書紈素翻笑癖非癖人生幾聚散寸陰虛可惜稍乞筆墨靈亦擬鴻畱迹感此對酒歌聊以永朝夕

題丁修甫立誠清尊小集詩冊

丁君示我一卷詩，筆花墨采光陸離。王郎題池四篆字，清尊小集如盤螭。此集創自榆園翁，翁年八十猶酣嬉。如何一朝厄陽九，遂令會者皆涕洟。荷花憔悴夫容老，次第直到茱萸時。田園風景恣游矚，湖上雲物供吟披。惟君酒酣輒有作，紀事詠物各體宜。從知靜者有妙心，柴桑襟抱東坡詞。黑風吹海鬥蛟蜃，白日照阪鳴梟鵙。驚濤駭人灌木惡，我輩偸息將何之。如雲冠蓋復烜赫，容易乞巧難賣癡。我生放浪不媚俗，往往坐致羣然疑。願君招要作肥遯，居貞幸免來譏訾。汪洋羣彥集復集，不惜醉倒三千卮。讀君之詩識君心，幽憂不解長歔欷。若逢青鳥天上

去猶嘗寄語榆翁知

用榆翁所書扇頭三絕句韻卽以志感

鄰笛淒涼不可聽三年閒卻隔花屏傷心怕上河亭望冷月寒波破碎星

西北高樓護絳紗不栽蕉竹不栽花於今一一拋紅豆誰識當年菊有華

雲散風流霜露飄離魂一縷不禁銷夜臺料也難回首花外清尊月底簫

題楊序東寶鏞遂菴題跋並謝古緣萃錄之贈

古意滿卷軸能教倦眼開一窺清祕藏疑上小蓬萊漫侈蒐羅

富端資論斷才幾人同雅嗜珍重此瓊瑰

簪組不爲累辛勤手一編本來壽金石莫笑是雲煙愧我無長物要君結古緣相期事幽討吾道有眞詮

爲劉雲樵觀察喬祺書扇因其索詩口占一律

潯陽江上劉雲樵酒龍詩虎人中豪索我惡札弄蛇蚓輸君老筆挐鼉蛟閒官無事恥奔走吟社有興煩招要幾人今日說古調罷琴揮扇風蕭騷

次韻和時蓬仙同年慶萊

地近如園勝盈盈一水通過從休論日談笑本生風況是艮朋聚能教密坐空奈何期不至愁對藥鑪紅

亦有哦詩意逢君不敢豪青蓮千古恨白雪一時高郎事歡猶
昔論心癢莫搔惡聲呼欲出火急未能逃

許南友以翁文恭公書扇見示爲題一律

承恩卌載許歸耕寵辱無心不自驚誰識山中眞宰相依然魯
國老諸生綠蓑青笠江湖夢晉帖唐詩柱石名莫向秋風問來
去徘徊團扇總關情

畢畏三觀察奎卜居候潮門詩以落之

欣看甲第面城開賓佐紛陳賀喜杯吏部高風要客醉揚州明
月送詩來庭闈藹藹兒孫福堂構峩峩父子才莫漫閒居誇小
築五雲深處有樓臺

和丁修甫題余所藏石谷小像硯

日披硯史遊硯林論硯斷推四洞石有時硯出名入手不論青花與蕉白何況傳眞在硯端一片靈光照几席娟娟瘦竹若隱現難爲此君分主客耕煙散人畫通神早歲聲名動宮掖卌二年時方鼎盛鬚髮飄飄神奕奕筆酣墨飽此一囬揮灑雲煙出空碧淸暉娛人不覺遠三百年來尙瑩澤來靑閣圮姚墓荒落落仙才何處覓賴茲片石寫丰姿人硯精神兩不隔從知妙蹟有呵護懷盧得之等球璧丁君好古兼嗜詩貺我新題耐尋繹清詞沁入人肝脾如飲雲漿餐玉液我硯欲方玉帶生君詩更注蓬壺籍仙乎仙乎硯與詩願共摩挲永朝夕

丙午元日試筆

雪虐風饕又一年，元辰雲日忽清妍。三湘景物迷天外，六秩光陰在眼前。祖硯尚存慚食墨，父薪弗荷恥歸田。濃華淡柳錢塘上，珍重鴻泥爪印鮮。

當年秋氣慣淩人，今日蓬蓬迓遠春。三十年前曾刻如氣之秋印，本生父謂何不刻蓬蓬遠春耶，今始知老年猶宜有春夏氣。妾婦羹湯勞整潔，孫曾頭角喜嶙峋。前歲得曾孫焱格，去秋又舉祝格。童心未許隨風化，衰鬢何期被鏡嗔。我欲登臺瞻麗景，采囊無露酹瞳神。近年目光益差。

哭長曾孫焱格

汝來何明明，汝去何曹曹。如何七日病，小命遂斷送。明知幻中幻老懷能無慟憶汝初生時先夕有佳夢蘭花滿庭開故人忽過從先夕夢庭蘭盛開德曉峯中丞過談聞報而醒因名之曰啓馨字以德賓號曰慕蘭俄聞汝墮地嗁聲徹檐棟摩頂識性慧置膝知骨重一歲復一歲頭角已殊眾汝意似知書把卷學吟誦汝意似好武騎竿習磬控時時依我側解意輒奇中我年未周甲曾孫見伯仲乙巳得孜曾孫祝格同人皆福我楊古醞丁修甫更有頌他年作家督飛黃引朱鞚願汝為郭李願汝為姚宋嗟余福不載苟龍與辟鳳二十有四月胡乃罹瘛瘲冥然撒手去一去何謥詷但聞秋風淒但聞秋雨閧五日大雨不聞汝讙呼不聞汝跳弄為汝食不下為汝心轉恐汝祖與汝父大兒在蘇大孫在滬不知汝疾痛我書計日至較我尤駭恫悲哉一坏土掩

埋嫩芥蕻寫此二百言聊以雪旨霜

訪高綺臣不晤江寨頗重假衣而歸戲占一律書扇爲謝

黯黯江天雨勢昏尋秋剛到綠槐門風雷似逐飛車疾冰玉猶
宜挾纊溫小極未煩拋午枕孤吟無礙倚高軒報君一握聊爲
笑認取鴻泥指爪痕

爲崔磐石書意舫額系以一絕

破浪乘風萬里船幾曾倚柁得安眠於今省識漁翁意夢繞蘆
花淺水邊

題徐印士剡谿話別圖手卷

畫圖山下著吟身不信曾爲官裏人但看男耕與女織使君亦

是太平民畫圖山在嵊縣境

茇剔榛蕪出眾芳剡谿韻事續河陽梅花萬樹蘭千本留得春風不斷香

清談人散別依依風月相將一棹歸贏得酒酣開口笑阮囊消瘦李囊肥

爲黃子畬觀察祖經書扇

萍聚西湖二十年君今白首我華顛故人宿草多成夢塵世空花不值錢避地儘堪依木石騁懷寧待躡風煙燭堂深坐應惆悵魂斷池塘春草邊

次韻和硯香都護柏梁西湖七老同庚會小影題句

舊聞洛下會同庚宋文潞公居洛日年七十八同時中散大夫和晌朝議大夫司馬旦司封郎中席汝言皆七十八乃爲同庚會各賦一詩見墨客揮犀我輩於今尚後生待到廿年重聚首祗知文讌不知兵

難得清和浴佛天四月八日同人集於劉莊佛生天地本齊年南山自有松苓酒多事人間祝壽筵

堂上剛逢九九年硯香太夫人今八十一歲同人皆無此福分也白頭孺子羨君先願從阿母瑤池下分乞蟠桃盡得仙

六十生輓詩

堂堂歲月去如煙賸此鬢眉六十年書劍未成名世學箕裘早負亢宗傳空敎畫得充饑餅且喜囊無造孽錢朽木欲雕嗟已

晚不材猶說壽能延

聞道當年墮地時試啼都說是佳兒於今已醒浮生夢終古難忘孺子悲補孝未能虛負荷先公疾革以補孝命爲小字養親不逮況衰遲夜臺倘化鶺鴒去長傍慈烏繞樹飛余營生壙於先妣徐太夫人墓側亡室張夫人已先葬穴八右

烏頭馬角笑科名六試文章不中程得雋尙闈餐首蓿庚午優貢廷試以教職用丙子副陳鶴曾榜信芳祗合佩荃蘅招要勝友鶯遷谷壬申癸酉之間里中文讌最盛檢點遺書鶴舞楹一自滄浪濯足後方知泉水在山清

孤負薇花一樹紅吟鞭遥指大江東奉盈執玉師儒訓履薄臨深祖父風丁丑由中書改官浙江道員出都時仁和吴子儁師元和陸鳳石師皆以無忝所生爲戒願受苦

言堅晚節生平願交直友似聞輿論諒阿蒙權嘉湖道承修南龍頭風潮大工爲讒人搆陷致列彈章奉旨交兩江總督查辦徐次舟觀察來浙密查訪之輿論遂得昭雪桐鄉倘許分坏土便是西湖罷釣翁

謬承風雅出臺評張筱帆中丞許爲風雅人聞之愧悚俗吏何緣浪得名枯管幾曾干氣象儒冠畢竟誤生平竈薪詎肯因人熱瓦釜從來恥自鳴記侍節樓三十載愴懷知己涕縱橫梅小巖譚文勤廖穀士惲崧雲任小園諸節憲皆以辦事結實可靠見許文勤且以此列薦牘也

門前喬木氣森森渥被天家雨露深故里未衰君子澤微官亦有世臣心熱衷儘許彈雙鋏短髮何緣綰一簪我欲驅車何處去古原將見夕陽沈

後彫留得歲寒身，䀹見同堂四代人。今春舉第三曾孫頤曾 薄宦漫嫌吳市冷，長子相鈞以知縣需次江蘇 壯游應借海天春。長孫運允留學比國 我生得力惟知止，出仕之日仲父仲雲公以知止不殆玉印見賜終身佩之 遺訓無多在守貧。耕讀家風差未渫，繩繩期作秀良民。

誅茅結屋北山隅，出嗣子相綸新卜宅於長沙東鄉劉家灣恆促余歸 營得菟裘待老夫。來去願爲梁上燕，泊浮何礙水中鳧。千年碧血凝成幻，一片冰心淡入無。鶴嘯猿吟知未遠，便應招手赴仙都。

題許子頌同年詩錄

登科不早服官遲，十載吳謳好去思。世事茫茫難索解，高懷落落自哦詩。青天白日昌黎傳，卷首有自撰生傳 明月清風謝譓辭。珍重

一篇勞遠寄苦吟孤負數莖髭

和王旭莊仁東琵琶婦詩

冰絃一柱氣蒼涼畱得絲絲未斷腸薄命秋蟲憐妾似別名飛燕爲誰當縱教花部芳聲在可有荼郎好夢長我亦座中聽曲客不妨淸淚落觥觴

養痾寶石山丁修甫自溫州返省過訪攜示近作並和甫所著郎用集中穀字韻賦寄

丁君靜壽耳目穀不喜飯亦不喜肉但耽詩事媿二難更從歡國迈三福偶然失意走甌海君亦胡爲欲逐逐山水方滋金石富訪勝蒐奇塗徑熟筆底如修七寶裝胷中舊有千金蓄昔年

同泛孤嶼棹笑詠山花醉哦竹君詩火急不停送我愧枯腸莫酬復歸來示我牛毛字懷袖馨香擬薰陸杜詩驅瘧昔所聞今日微吟谷神谷空山無人自歌嘯寄與先生一捧腹

除夕柬陳經郛大令葉菊緣茂才

漸有春光到鹿城（開歲四日立春）高堂歲夜氣崢嶸庭階已報芳菲信童稺都聯洽比情（時與經郛菊緣同居）稍喜孫曾能學步祇慚衰朽不成名無端又觸增年感細數鬑鬑白髮莖

經郛疊韻見示疊用前韻答之

好語隨春出管城詩壇高竝九山嶸良辰豫結飛英會大隱能忘暘綵情手種梅花時索笑心期蘭玉早成名華堂指日仙桃

熟願獻金芝九九莖經郛初九日五十壽

易銳侯宗周以詩贈行走筆和之銳侯樂清人調查局法制科股員時將以年假回里

纔借西湖地一筵忽聞風笛起遥天論交廨舍歡無鄂引夢江樓氣浩然江心寺有浩然樓指文文山而言也往往稱之爲孟樓相沿已久無力獨持鹽鐵論慰情屢接墨池賢温州有右軍墨池山靈識我應含笑共酌清泉又結緣江心寺有壽泉俗稱同心泉謂飲此必再來然余且三至矣壯游欲擊水三千歲晚猶能著祖鞭慣擁袖中東海石每到温州輒物色青田印石恆有所獲不忘篋裏雁山篇每攜雁蕩山志而不果一遊君身仙骨人爭羨老去風情祇自憐料得歸裝詩更富蕩雲海雨滿春川

次韻答謝陳經郛送梅花折枝

忽聞驛使傳芳訊，隔院依稀舊日鄰。祇惜病懷渾不似，勞君遠憶詠花人。

冷蕊幽香入東閣，穠桃豔李謝西鄰。一枝未穩銅瓶凍，孤負空山夢鶴人。

和黃菊駝韻　菊駝温州布衣，好蒔菊，有喜余三到温州絕句

幾回探勝到東甌，十五年來已白頭。無復猶龍豪氣在，詩中指余題臥樹樓猶龍二大篆字祇餘敗筆策羸騶。

吐秀舒英咳唾閒，羨君家在菊花山。高秋倘許窺籬外，可有茱萸插鬢還。

楊淡風贈折枝梅花有詩代柬依韻賦謝

人間桃李豔爭春天上梅花證宿因開徧園林三萬樹一枝先到隴頭人

恰逢梅柳渡江春幾度騷壇香火因漫說功名在調鼎多年孤負捲簾人

贈陳經郛梅花詩箋疊韻代柬

瓶中綻蕊香逾細紙上堆花意可鄰珍重宜春新帖子孟公舊是善書人

辛亥元日試筆疊前韻

小飲屠蘇不覺醉起看煙雨若爲鄰婆娑世界冥濛裏留箇無

聊懞懂人

陳經郛以試筆詩來再疊前韻答之

九華珠玉迎年佩一徑松篁倒景鄰更種梅花三萬樹羡君長作入林人

永嘉山水瀟湘雨纔是天涯若比鄰漫說和羹人第一功名第一屬詩人

疊韻和呂文起見贈

飛雲江上珠璣落烏石風頭意氣鄰識得廬山眞面目者囘狂煞楚狂人

極目湖山春雨重撥雲開霧意誰鄰終南跋丐慚無術還仗邯

鄲警夢人

次韻和鄧小蓉

茂叔池蓮仲蔚蒿鄰園交翠接葡萄寓周仲明西園鄰爲張文伯如園芝蘭結露堪爲餌松柏凝煙待鍊膏園有五鬣松纓絡柏皆百餘年物也緣木求魚誰有得搬薑笑鼠枉躭勞如何一尺琅玕竹不似初篁節節高

王謝當年此建旌多君偕滯永嘉城同舟喜締二三子煮海慚從什一征未免患貧勞計力幾時薄賦慰均情腐儒那有桑兒策輸與庭中木偶清

心如止水迹雲停三十年來老客星搖落劇憐雙鬢白孤高祗對九山青閒情逐浪歸滄海鄉夢隨潮到洞庭一自維摩長病

後藥鑪相伴戶常扃

江郎退筆已多時猶喜山齋近墨池（所居近墨池塘）未必金丹延鶴算欣承錦字寫烏絲隨風珠玉從天落永好瓊瑤負子期爲報枯腸搜索盡莫將銅鉢再催詩

## 辛亥除夕

天宇蕭寥海國寒驚心已是歲華闌餘生豈料聞辭詔後事從今付懶殘酒到杯中都是淚雪飛窗外不成團君知今夕爲何夕宣統三年大統完

酒後忽誦伶俜寒蜨抱秋花遂以此爲賦得體得破題二韻

肯耐花閒守新寒蘧夢醒不嫌秋冷淡長抱意伶俜

次韻和佛翼七弟乙卯元日詩

閉門風雨不知年老去心情祇黯然大地山河猶健在元辰詩酒説從前已慚衰病難爲用但望兒孫莫負天留得山翁貪食德終朝摩腹亦便便

玩止水齋遺稿卷之四

湘陰李輔燿幼梅著　男相鈞 相慈 出嗣男相綸編校

一萼紅

丙戌人日夏芝岑廉訪丈獻雲招同傅青餘廉訪丈壽彤俞鶴皋部郎丈錫爵定王臺探梅用白石韻

步庭陰覺暗香一綫飄漾上華簪乍有疑無將濃復淡清意端勝檀沈漫提起羅浮舊夢聽啁啾驚起戀巢禽晴雪壺觴春風臺榭儘我登臨　回首豆棚瓜架歎故宫冷寂幾許寒心池館周遭林泉點綴誰料今日重尋定王臺餘地舊爲蓼園不過一菜圃自夏丈經營布置乃有池館之勝祇須向山中老樹問興廢何似火鎔金未識花魂可知鄰

院情深

念奴嬌

五叔父命題漢伊吾司馬刻石殘本

塞塵蒼莽，掩不住、窮荒漢京文字。煥彩溝邊光萬丈，煙墨一痕凝翠。伊吾城北南山口道左有石刻煥彩溝三字，乾隆十五年田輔仁書。此刻即在溝側。司馬題名，將軍好古，絕徼標新異。道光中湘林將軍薩迎阿始訪得之。六行前後，費人多少思議。

試看伯作殊形，有人傍字或釋爲伯，或釋爲作，至釋爲祖字者則必不可信。獲猗互釋，剝泐存疑似。有謂爲沙南侯獲者，有謂爲侯猗者。塞外椎拓不工，無從審辨，何從得一精本訂正之耶。漫論紀功還頌德，藉識永和筆致。片石流傳，雙鉤珍重，無限搜奇意。何東洲太姻丈、師潘文勤師皆有手鉤精本。蘚花斑駁，至今猶耐尋味。

鳳凰臺上憶吹簫

謝張初伯參軍炤寄紹興酒

離緒猶縈，渴懷誰解，醉鄉迢遞雲天。甚好風吹到，載酒樓船。開甕忽逢陶謝，長夜飲、吸徧鯨川。難消遣，深情宛轉，歲歲年年。拳拳別時送我，更別後、傳書驛路三千。記鏡清堂上同役海塘工次所居地，西子湖邊。看取朝朝茗艼，曾幾許、幽夢成煙。前塵渺，吟魂欲度，一枕陶然。

減字木蘭花

哀淑人之不遇也

有人如玉，寒似梅花清似竹。緊繫羅襦，不怕威姑怕小姑。山

雞叫徹鷓鴣前頭言不得蠟鳳成灰鶺鴒同棲祇自哀

## 長相思

李穀宜觀察寶章自畫桃花源圖屬爲題詞

夢桃源話桃源訪徧桃源不得門桃源何處村　記桃源詠桃源畫到桃源欲斷魂桃源休要論

## 金縷曲

手鈔白香詞譜竟戲題於後

無計逃炎暑祇安排疏簾清簟筆歌墨舞不解塡詞空老去誰把金鍼暗度漫說道懺除綺語按到蘇劉辛陸拍又何嘗盡是風懷句試一讀白香譜　雙瞳已入雲深處便鈔胥此生休望

蠅頭字數春蚓秋蛇都不管說甚簪花美女也要算蘭亭一部
輸與辨才梁檻上問他年蕭寺何人護談笑耳且揮麈

御街行

懷袁巽初觀察 思永卻寄

悤悤小飲梅花障又一歲添惆悵知君騎馬踏紅塵應是良緣
天相錢江憶否潮生潮落都似離愁漾 瑤華縹緲霞箋燦寫
不盡相思樣同心能有幾多人禁得雲煙飄颺何時寄我襟痕
詩卷鈔付雛鬟唱

青玉案

用方回韻

一聲風笛離亭路，競說道君歸去。三月煙花容易度，曲欄深院洞房幽戶，都是銷魂處。　癡雲恨雨無朝莫，悵憶臨分斷腸句。割得愁來愁未許，舊愁何限，新愁無數，賸伴淒涼雨。

念奴嬌

爲葉品三銘題管窺金石圖手卷

管窺金石，更著眼兩浙三吳海上，況是蒐羅窮海內，校勘周秦模樣。圖凡六：一曰管窺金石，二兩浙，三三吳，四海上，五海內，六校勘，故悉舉之。第六圖開，品三名重，古意年年餉。幾人同調，鐵華盦裏來訪。　纔信科斗殊形，鼇螭異製，不算離奇狀。一自黃支烏弋到，考擊也添膨脹。鏽蝕成書，膠凝作器，無數新硎創。問君援證，可能空所依傍。

念奴嬌

夜不能寐百感交集仿板橋道情意

卅年候補才曉得副榜難成正果假作癡顛頑到老畢竟有些不妥猴子裝官狗熊當馬好像真傢伙被人看見問從何處藏躲　卻是九弟軍機三哥太宰（指瞿子玖張野秋兩同年）都願提攜我無奈天生窮傲骨自折自磨自挫舊債新逋男婚女嫁欲了如何可忽然想起冰（叶）糖葫蘆（叶）兒囉（叶）

扁舟尋舊約

用蔡伸道韻

玉漏聲稀銀缸燼落洞房不掩重門半垂紗幔慵欹繡枕恍然

一展春雲倩扶殘醉起待誰印前谿夢痕錦襦才解香肌煖透
那是麝蘭薰　長記得輕舟桃葉渡正月斜穿戶簾韠鐙昏倚
牀無語含癡欲笑影兒合了還分夜闌更秉燭擲紅豆聊舒翠
顰似雲疑雨何時再返江上魂

摸魚兒

桂堂東碧闌干外竹陰如水垂地筠簾不捲牙牀潤剛是已涼
天氣人欲睡便午夢難成也帶微酣意星眸淺閉似雨打梨花
煙籠芍藥遮莫枕痕膩　風搖漾無數蜂酣蝶醉都緣圍繞佳
麗仙肌玉骨嬌柔處生就香甜滋味情暗繫透一點靈犀早向
秋波遞徘徊未起羨翡翠衾溫鴛鴦被煖長日得偎倚

千秋歲

峭寒如水，淡簷風初起，蓮漏永，蘭窗邃。玉簫聲若訴，寶枕香飄細。魂何在，那人應是朦朧睡。　夢裏情空記，醒後情空憶。釵擘斷，鐙挑碎。檐前頻索笑，花下還凝睇。尋不見，眼波瀲灩眉峯翠。

和孫燕秋韻三闋

憶舊遊

清談未終，離唱忽作，彼美人兮，何以遣此。

問天寒倚竹，月冷尋梅，韻事誰描。絮語幽廊下，儘更殘漏歇，蠟炧香銷。怪儂滿身花露，忘卻是深宵。笑此意誰知，如逢熱客，定說無聊。　迢迢惱人處，是催挂歸帆，又趁江潮。目斷分攜路，賸

萋萋一道草綠裙腰幾時再聯仙袂不任去飄飄記夢到君傍

羅巾尚有珠淚拋

慶春澤

彼姝既醉香夢沈酣籌鐙成詠

碧露侵肌輕霞暈臉酡顏一展魂銷軃枕欹衾汗香猶染冰綃抽心也似三春草意芊緜楚岫非遙笑無聊欲渡藍橋慢鼓蘭橈

靈犀暗透情搖漾奈驚沈燕悄玉輭花嬌雞唱鵶啼曉風吹散心潮鴛鴦繡譜渾閒事便江郎有筆難描恨迢迢畫舫前宵絳蠟今朝

金縷曲

萩蘅詞選精妙人賞惠而好我賦此以酬

寫徧瀛寰紙萩香蘅海南有箇掃眉才子吮墨調脂閨中秀林下原多逸致偏志在高山流水不少何郎春風筆細評量那得精如此書萬本譽充耳　薰香摘豔淞江涘儘應官轉蓬走馬著書傳世絕勝美人貽彤管爭說詞家韻事須不是斗方名士鐵板銅琵猶能唱到如今未信東坡死聲調誤謝君指

## 買陂塘

奉陪子固中丞增韞巡視海塘

迓青祇代天巡狩海塘雲物如畫元戎小隊行春出漫說看潮游冶休暗訝早望見靈胥自返濤頭駕明良錫嘏正一德相孚

安瀾永慶鐵弩未煩射　關心切七郡毗連若跨田廬緜亘原野金錢百萬君恩厚珍重石隄柴壩肩莫卸須不是爲民請命書生話謳歌奏雅願倚仗神威鞭笞蜃鰐直注海東下

唐多令

謁病得請别海寧作

何事苦淹留故山猿鶴羞便分茅不到海澄傒儘有珠宮和貝闕早輸與少年遊　無奈病中秋病秋秋更愁説觀濤請向曲江頭公欲渡河公竟渡莫重上水仙樓海神廟西舊有水仙樓今圮

摸魚兒

聞吳子修學使慶坻自湘乞退歸作一詞代柬候之用

俳體

正相思忽聞歸里令人欣喜神王湖南糟到危而亂慚見此邦官長公何諒挂一幅蒲帆穩卸錢江上湖山跌宕問肇事饑民乘風痞匪可到樂官巷（子修第宅地名） 蒙衰矣新舊三年病障難言磨折情況冬春苟活時臨夏才被判爺簽放雖未喪仍舊是形銷骨立如豺樣西醫倚傍待過了梅蒸丟將鐵拐再作造廬訪

謝池春

暮春之杪移寓謝池巷周氏西園拈得此解用劍南韻

泛宅浮家還向謝池移櫂步西園芳尊醉倒衡門之下任棲遲昏曉喜東山對人如笑　梁間舊燕說我三番重到認巢痕儂

歸也早閒愁刪淨祇春愁難掃算官居恁堪娛老

小重山令

池上夜坐黯然有作用白石韻

池上涼宵淺立時巖花斜弄影漾清漪閒消自遣意誰知撩人燕偏會認巢歸　無奈舊遊非蹉跎今白首尚無依不堪長聽子規嗁三更月魂斷杜鵑枝

徵招

庭蘭並蒂風致可人與道光乙巳九瓣蘭宣統庚戌八瓣蘭同爲吾家瑞應今茲並蒂未免感逝傷懷也用白石韻

庭蘭雨過清芬靜如薰座中佳士一蹴忽雙花似芳心同此巧裁新樣出問誰識化工精思舊夢江南澹懷湖上玉顏猶是草木尚多情空振觸當年並棲滋味歎逝刹那間數闌干十二摘來無插處忍回憶鬟雲風致儘搖漾入抱幽香奈返魂無計

琵琶仙

題傳葆三鹺尹母夫人綠隱樓吟草及其封翁輔丞先生遺詩用白石韻

仙侶當年恰相似一樹花花葉葉何事寒摵珊柯飛霜乍愁絕風漸緊孤鴻夜泣又悽斷幾番嗁鴂煮茗搜詩圍爐煖酒塵夢休說 展眉處蘭玉森庭漫回首淒涼那時節搖漾一林佳氣

藹春荑秋莢傳寫遍清詞麗句是畫樓可比紅雪（母夫人蔣氏爲茗生侍御九世孫）更憶吟到梅花美人難別（用集中梅花詩意）

驀山溪

游飛霞洞登駐鶴亭懷鄭蔚青用白石韻

紫靈飄渺踏破劉仙屐一樹矗三株莫眞是雲根巧植赤霞何處飛去幾時還山隱隱水悠悠空賸樓千尺　鴻泥爪印也費多番覓記得素心人共良夜淒涼鼓笛一亭無恙黃鶴不歸來雲黯黯月沈沈祇是叢悲憶

鷓鴣天

夜聞鄰歌感而賦此用白石韻

正是吹簫打鼓時老夫寒坐不曾知劇憐幾隊癡兒女貪看提鐙倦倚扉　金爐暗畫簾低忽聞商女唱歌詞後庭一曲傷心極莫泊秦淮早早歸

滿江紅

既跋黄樓詞敬步集中公偕　先文恭公遊辰州龍泉寺同賦元韻

山鬼悲號恁偏會引人入勝休悵望深林月黑文星堪認一第足償慈母淚五窮未是才人病把山林鐘鼎細評量都非倖江郎夢花纔映飛卿遇身終隱祇九天珠玉隨風吹賸長共江流聲不斷便遭劫火名難燼算古今多少熱中人何如冷

點絳脣

有感用白石韻

秋月春風等閒拋撇邯鄲道落花嚦鳥況是淒涼調　又著宮黃祇歎徐娘老青青好幾生修到莫種紅心草

驀山溪

題陽湖吳琴圓女史折枝橫看用白石韻

清才濃福雙宿雙飛燕美眷豔於花展冰紈依稀若見色香無恙連理不成春奩月冷硯塵封淚漬湘妃管　潮聲琴韻好夢妝樓斷潮聲琴韻樓女史讀書處翰墨小神仙料精魂三生不散粉殘脂涴惆悵畫眉人畱一幅鏡中花聊慰郎心亂

側犯

題吳玉才竹屋塡詞圖用白石韻

竹西好去甚因卻向江城住如雨悵墜錦飄緗不成句浮雲蔽白日莫憶傷心處無語且畫幅新圖笑相顧　詞人老矣彌愛婆娑舞長結得此君緣披拂伴尊俎側帽拈毫勝流無數海水天風又傳新譜

小重山令

題卞薇閣綍昌留別長崎酬和詩幅用白石韻

帽影鞭絲海國城崎江千萬柳眼青青春風駘蕩不勝情銷魂處飛絮又東京　惆悵詠歸人離亭風笛起酒同擎壓裝詩卷

滿鷗程心心印猶說鮑行卿

點絳脣

題楊桂峯（复）恭喜多男圖贈賀柳門外孫吉席

繡葆花衣大家拱手稱恭喜如今畫裏全是絪緼氣　他日堂前幾隊兒童戲歡聲起牽郎曳弟才識圖中意

漢宫春

王維季（壽祺）屬題其尊人呂廬老人著書圖用白石次稼軒韻

公曰歸歟指西湖煙水吾愛吾廬京華軟紅十丈此樂差殊壓檐松竹伴清風繞屋扶疏消受得芸香萬卷一塵筆下都無

樓中故人渺矣料身留妙色識得眞如摩挲顧圖金額顧鶴逸寫圖金明齋題額懷觸同余湘纍老去甚良緣重結蓴鱸惟羡爾南屏一角名山代有藏書

一萼紅

和黃鹿泉丈麐用白石韻

晚春陰指歲寒松柏蒼翠映嵬簪人說耆英天留美眷逭問塵世浮沈放歌共鸞吟鶴嘯更縹緲仙樂變鳴禽主客成圖池臺入畫粉本誰臨　長羡白雲怡意記無心出岫歸亦無心柳外聽鸝花閒夢蝶佳句乘興還尋笑前度儒冠自誤算遺老聲價重於金寄訊新醅潑時莫負杯深

玩止水齋遺稿卷四終

楊翰香室刊

# 部分人物及事件的初考注释

**一**『闢町室老人』『内子兰怡』（见本书第5页）『闢町室老人』即陈戋。陈戋对李辅燿的一生影响颇大，他与李家的亲戚关系综述如下：李星沅的姐姐李星沂嫁长沙张廷钺，生子张恩准，字绳生。这位张恩准就是被李星沅之子李杭、李概、李桓称之为『绳生九弟』者，他还是李辅燿的岳父。张恩准有女张兰怡，嫁李辅燿为妻，故李辅燿与张兰怡为姑表兄妹联姻，在当时是为了亲上加亲。张恩准有妹妹张恩泳，字仙遽，嫁陈戋为室，夫妇二人均工诗词，故李辅燿称陈戋为姑父。

**二**『将之安仁』（见本书第18页）　李辅燿于同治十一年（1872）被任命为湖南安仁县教谕（类似教育科长，分管一县之秀才），次年（癸酉，1873）正月十八赴任之日极为隆重，三叔（本生父李桓，李星沅三子）、七叔（李榛，李星沅四子）、十叔（李梡，李星沅五子）及诸堂弟均亲自到码头送行。此处三叔实指李辅燿的生父李桓，因李辅燿出生时过继给大房李杭为嗣，故称生父为三叔。此处三叔、七叔、十叔均为大排行之称谓，即父辈兄弟之子的排行。李星沅三兄弟之儿辈共有大排行十位堂兄弟。

**三**『麻竹师』（见本书第22页）　麻维绪，广西临桂人，咸丰年间带过兵打过仗，同治五年（1866）弃武，考中举人，官桃源、平江县令，太仆寺卿衔，回族，工诗词。

**四**『偶忆海粟楼』（见本书第30页）　海粟楼是芋园中的一栋藏书楼，是李辅燿青少年时代读书之处。该楼毁于1938年的长沙『文夕大火』。

**五**『奉怀姚笠云舅氏』（见本书第35页）　姚笠云是李桓的续弦姚夫人的弟弟。姚夫人对李辅燿非常爱护。姚笠云少时出家，后来成了一位文化底蕴深厚的高僧。笠云于光绪六年（1880）云游至浙江杭州，其时李桓、李辅燿父子正在杭州，李桓与俞樾、秦澹如、徐花农、吴兆麟等『铁华吟诗社』诸公朝夕相处，宴游湖上。姚笠云的到来令诗社众人喜出望外。李桓为笠云禅师建『留云精舍』禅屋，留住笠云，并题『留云』二大字石刻于岩。俞樾亦题『芋禅』两大字摩之于崖。『芋禅』二字旁有俞樾七十二字跋语，『用邺侯故事』寓涵对长沙芋园李星沅、李桓父子的敬意，并作诗称颂。题跋云：『李黼堂中丞为诗僧笠云禅师筑室孤山即宋诗僧惠勤讲堂故址也，室成而中丞还湖南，同人用东坡送参寥入智果院故事于辛巳十月九日送笠云入山。』（详见《湖南湘阴李氏与早期西泠印社》，刊于《『百年名社·千秋印学』国际印学研讨会论文集》，西泠印社出版社2003年版）李桓未等室成而先期返湘，因为光绪七年（1801）七月，其二哥李概因病猝逝，一无交代，李桓遂匆匆返湘奔丧。后来笠云禅师也返回长沙主持长沙开福寺，并于湖南洋务运动高潮中，开风气之先，在开福寺办僧人师范学堂，并率僧人游历日本，考察日本佛学。笠云也是清末民初长沙著名高僧八指头陀（寄禅）的师父。

芋园内的李氏家庙水月禅林在1921年改建为『支祠堂』时，庙中的佛像均移赠开福寺。（见《支祠记》）

## 六 『得诗荪书』（见本书第41页） 诗荪棠荪

何维朴（1842—1922），字诗荪，号劳劳室主，晚号盘止，湖南道县人，何绍基长孙，同治六年（1867）副贡，官内阁中书。工书画，书法上承家学，尤以山水画著称。

何维棣（1856—1913），字棠荪，湖南道县人，何绍基之孙，光绪八年（1882）举人，长沙县训导，四川候补道。工书法，秉承家学，功力深厚。何维棣是四川大学的创始人，首任校长。光绪年间，何维朴、何维棣兄弟的书法颇负盛名。

诗荪与棠荪是李辅耀的姑姑李楣（字月裳）与姑父何庆涵（何绍基长子，号伯源）所生的长子与次子。自孩提时代起他们与李辅耀就是亲密的表兄弟。李辅耀比何维朴小六岁，却早于何维朴六年故世。本册诗词的第二部分封面即为诗荪题签。棠荪还是李辅耀的五妹夫（小排行）。

**七**『哭六妹』（见本书第43页） 此处为大排行，实际上是李辅耀同母（周夫人）所出的三妹。生于道光三十年（1850），21岁嫁唐赞衮，同治十三年（甲戌，1874）殁，享年25岁。

**八**『呈熊雨胪师』（见本书第46页） 熊少牧（1794—1878），字书年，号雨胪，湖南长沙人，道光十一年（1831）优贡，十五年（1835）举人，授内阁中书。工诗古文辞，晚清著名诗人，享誉海内外，又擅书法。咸丰年间主讲长沙求忠书院。有《延年堂文钞》十卷、《延年堂诗集》三十卷等诗文传世，存诗约八千首。

熊少牧是李星沅少年时代以来最要好的朋友。与李家自寿田公李畴始，至李辅耀止，有四代人的交谊，备受李家尊敬。曾为《李文恭公诗文集序》云：『吾乡官江南以经济而兼文章之美者三君子：一湘潭陈恪勤公沧州，一安化陶文毅公云汀，其一为湘阴李文恭公石梧也。』高度赞赏李星沅之诗文。又为李星沅作墓志铭。还是教李辅耀作诗的老师。《呈熊雨胪师》一诗作于同治十三年，上面的批语则写于光绪四年（1878）以后。

**九**『喜三叔父抵家』（见本书第52页） 此处的三叔父实指李辅耀本生父李桓。李桓于同治十年（辛未，1871）十二月，应温州知府方鼎锐，及唐艺农、郭钟岳等友人之邀第一次出游浙江。中途专程赴扬州探视老友——重病中的两江总督曾国藩，到温州时已是同治十一年（壬申，1872）二月了。在浙期间，足迹遍雁荡山、天台山、普陀山等地，归来作『三山归棹图』及记游诗百三十律。本诗所叙应是李桓第二次出游浙江归来，时在同治十三年，归途中梁夫人于立冬前一日病殁。

十『和五叔』（见本书第53页）此处之五叔（大排行），是指李星沅二弟李星溶的次子李桢（长子名廷柱，字春伯，号云衣），字介生，号贻香，读书用功，颇有文采，对侄儿李辅耀非常关爱。李辅耀有多首诗词与之唱和，题头常冠以『家介生叔』，意为我家的介生叔，十分亲切。李桢著有《六书系韵》《逭华庐诗稿》存世，光绪十七年（1891）卒。

十一『光绪元年元日恭纪』（见本书第70页）光绪元年（1875）二月至八月，辅耀公留有日记一册，名《燕行纪事》，记载了光绪元年初，他在徐太夫人和姚太夫人的鼓励支持下，『兴四方之志』启程赴京，参加光绪元年举行的顺天恩科乡试，但又一次落榜的事。次年再次参加湖南乡试，只得了副榜第一，取为副贡，授内阁中书。一年后又由吏部派往浙江，任塘工总局驻工督办，道员衔。虽也做出了一番重大贡献，但毕竟未能以进士的身份安身立命，这成了辅耀公终身的遗憾。《燕行纪事》记录了辅耀公赴京途中及到京后的多首诗作（均录于《诗稿》中），心境是意气风发的。在京时住在何绍基家，与诗荪、棠荪等表兄弟朝夕相处并在何家度过除夕，次年（丙子，光绪二年，1876）落榜后于三月下旬离京返湘，作『出都日诗荪、竹荪、荫楼、棠荪送出广渠门』。随后，返湘途中不时有诗作面世。辅耀公过长江时，还到镇江金山瞻仰了文恭公诗碑。归途的诗作虽然数量大大多于赴京时的诗作，但意境却已是感叹人生、怀古论今了。『四月十二日到家』一诗还悟到『多事功名误到头』。在参加了当年秋天举行的湖南乡试落榜后，便放弃功名，不再参加科考了。

十二『子玖斋中夜话』（见本书第86页）瞿鸿禨（1850—1918），字子玖，号止庵，晚号超览，湖南长沙人，同治十年（1871）进士，历翰林院编修，浙江、四川学政，政务大臣，外务部尚书，协办大学士，军机大臣。光绪三十二年（1906）参与策划预备立宪，任议政官制大臣。著有《止庵诗文集》《汉书笺识》等行世。

张百熙（1847—1907），字治秋，号潜斋，湖南长沙人，同治十三年（1887）进士，历官山东、广东学政，内阁学士。因推荐康有为，支持戊戌变法被革职。后又被启用，历工部、礼部、吏部尚书。废科举后，被任命为管学大臣，主持恢复后的京师大学堂（相当于教育部长兼北大校长）。拟定《钦定学堂章程》，创立『癸卯学制』。是中国近代教育奠基人之一，并被誉为『中国大学之父』，是晚清著名的思想家、政治家、教育家。死后谥文达。

瞿鸿禨、张百熙自幼与李辅燿一起读书，同年考中秀才，同年（同治九年，1870）参加乡试，但仅瞿鸿禨一人中举，次年（同治十年，1871）会试，瞿鸿禨高中进士。下一届乡试（同治十二年，1873），李辅燿和张百熙再次同年赴考，张百熙中举，次年也中进士。李辅燿则四次乡试均落榜，终身未能金榜题名，但与瞿鸿禨、张百熙为终身之好友。

**十三** 『谒羽胪先生洞泉草堂』（见本书第126页） 光绪二年（1876）熊少牧已迁新居——洞泉草堂，时年83岁，李辅燿随姑丈何伯源（何绍基的长子，姑母李楣的丈夫）、表外祖父王闿运（字壬秋）一起探视熊少牧。王闿运的姑妈是李辅燿祖母郭润玉夫人的婶婶，故王闿运与李星沅同辈，但年龄要小三十多岁。王闿运是晚清大学问家、大教育家、大诗人，著作等身。《湘军志》、长诗《圆明园词》最是脍炙人口。据《李辅燿日记》载，同治十年，王闿运邀徐树钧（徐太夫人的弟弟，李辅燿称其为叔鸿十一舅）及李辅燿同游圆明园，李辅燿因故未同行，后王闿运作《圆明园词》、徐树钧作《圆明园词序》，脍炙人口，李辅燿则因本次未能同行十分后悔。（《李辅燿日记》（回浙日记）第52本有载）

**十四** 『赠越南使臣』『次林发之』『次黎仲蔼』（见本书第133页、135页） 诸人均为辅燿公于光绪二、三年（1876、1877）间任内阁中书时所交之越南友人。

**十五** 『出都有作』（见本书第140页） 光绪三年（1877）李辅耀改官浙江出任浙江塘工总局驻工督办，是年腊月离京，『元日试笔淮安舟中』，在旅途中度过了除夕。光绪四年（戊寅，1878）元月到任浙江，立即启动钱塘江海塘大堤全面大规模修整的二、三期工程，由此开创了不朽勋业。

**十六** 『李辅耀墓志铭』（见本书第155—162页） 作者吴庆坻（1848—1924），字子修，杭州人，光绪十二年（1886）进士，历官四川学政，湖南提学使。吴庆坻的祖父吴振域与李星沅为好友，可谓三代世交。吴庆坻著述丰盛，是《清史稿》主撰稿人之一。辛亥革命后在浙江、上海时与李辅耀交往更为密切。这篇《李辅耀墓志铭》就是在上海完成的。

**十七** 周声洋（见本书第173页） 民国十年（1921）刊印之《玩止水斋遗稿》序作者之一。周声洋，生卒不详，曾任知县，是湖南长沙洋务运动中开办实业的先驱人物。1905年与陈文炜一起发起成立湖南商会。1906年创建『商办湖南全省铁路公司』，并应张之洞之邀，赴汉口参加湖南粤汉铁路公司筹建事宜。是我国早期铁路建设的开拓者之一。周声洋是李辅耀的七妹夫，与序文中提及的棠荪（何维棣）是连襟。

**十八** 『次方退园年伯』（见本书第179页） 方鼎锐，字子颖，号雁山，又号退园，江苏仪征人，咸丰二年（1852）举人，由内阁中书入值军机章京。是1861年慈禧和恭亲王联手发动政变时，被后人热议的『热河密札』形成时的值班军机章京之一。后任职温州知府、杭嘉湖道台，著有《温州竹枝词》《东瓯百咏》等。方鼎锐是李桓的好友，光绪初年方鼎锐任职杭嘉湖道台，正是方鼎锐向浙江巡抚梅启照（筱岩）推荐邀李辅耀来浙江主持大修海塘工程。

**十九** 『恭次五叔父丁亥元日试笔』（见本书第185页） 光绪九年（1883）李辅耀本生继母姚老夫人

去世，辅耀公遂辞官返湘守制，直到光绪二十二年（1896）才重回浙江为官。此处大量诗词均为这一时期在湖南长沙的作品。五叔父即大排行的李桢（家介生叔）。景庭是李星沅四子李榛（大排行称七叔）的长子。第三代大排行中李辅耀为长兄，景庭为四弟，丁亥为光绪十三年（1887）。

**二十** 『和佛翼七弟』（见本书第188页） 佛翼是李星沅次子李概的长子，名祥霖，是芋园《支祠记》的撰文者，李辅耀的次子李庸（相纶）书丹。

**二十一** 『次韵和许榆园增』（见本书第191页） 许增（1823—1903），字益斋，一字迈孙，号榆园，早年号名心，浙江杭州人，晚清著名收藏家、书画家、篆刻出版家。光绪年间许增刻《纳兰词》《榆园丛刻》《娱园丛刻十种》等著名版本书籍，是晚清很有特色的一位学者。与李辅耀有三十多年的交情。他们交往的详情请参阅《李辅耀日记》。

**二十二** 许星箕（见本书第195页） 许星箕，字南友，号冰庵，室名印心室，湖南善化人，嘉兴知府许瑶光之子。

**二十三** 『六十生挽诗』（见本书第205页） 此长诗作于光绪三十三年（丁未，1907）五月二十八日，是辅耀公对自己六十年人生的一个总结。字里行间处处充斥着时代的烙印，而辅耀公的为人品格也尽显诗中，读来令人感叹不已。诗中吴子隽师为何绍基的女婿，名吴观礼，字子隽，号圭庵，浙江仁和人，同治十年（1871）进士。凤石师即陆润庠（1841—1915），字凤石，号云洒，苏州人，同治十三年（1874）甲戌科状元，历官会试同考官、山东学政、左都御史、礼部尚书、东阁大学士，谥文端。陆润庠是李辅耀参加的同治十二年（1873）乡试的同年。三年后，李辅耀又一次参加光绪二年（1876）的乡试，陆润庠出任会试同考官，三年前的『同学』此时已变成老师了。

原诗抄录于《李辅耀日记》（回浙日记第34本），

时正任职于温州盐厘处督办。

**二十四**『养疴宝石山』（见本书第209页） 诗成于宣统二年（1910）。光绪三十四年（1908）七月李辅耀调任宁绍台道，不及半年于当年十二月又奉调任新建立的海塘工程局总办（局长），再次被推上浙江最最难办的官差任上。但今非昔比，当李辅耀在初次整治海塘近三十年后重新踏上海塘工地时，看到的是满目疮痍和官衙的严重腐败。在因病辞官不准，几经波折，他提出的官员不准接触银钱，实行『官督绅办』的政策被巡抚接受后，自己却累倒在工地差一点死去，毕竟已六十三岁了，且患的是当年难治的心脏病和脱肛便血等症。在任上坚持工作一年多后的宣统二年（1910），终于病体不支，辞官获批后，赴宝石山养病。

丁修甫即丁立诚，李辅耀的好友，西泠印社创始人丁仁的父亲，丁修甫去世后，辅耀公为他作像赞。辅耀公病体康复后，第三次调任温州盐厘局督办。

**二十五**『除夕柬陈经郛』（见本书第210页） 陈经郛是李辅耀第一次任温州盐厘局督办时（光绪二十三年，1897）在温州结识的一位好友，一位文化素养很高的地方绅士。巧的是近四十年后，家父在1932年调任浙江地方银行温州分行任经理后，陈经郛老先生之孙陈钟希又考入温州分行任职。世交重聚。

**二十六**『念奴娇·为叶品三铭题』（见本书第224页） 叶为铭（1867—1948，一名叶铭，字品三），与王维季（1880—1960，初名寿祺，更名禔，字维季，号福庵）、吴隐（1867—1922，字石潜，号潜泉）、丁仁（1879—1949，一名辅之，字子修，号鹤庐，丁立诚之子）等四人为西泠印社创始人。实际上，李辅耀的外孙唐源邺（字李侯，号醉石、醉龙、醉石山农）也是创始人之一，在最初报官申请批准成立西泠印社的文书上，就有唐醉石的署名，且上述四人与李辅耀、李庸父子感情深厚。李辅耀是西泠印社成立的推动者与赞助人，后来还将自己在杭州孤山现今西泠印社花园内的别墅——西泠寓斋及小盘谷、留云、芋禅等迹地私产一并赠予西泠印社。屋舍虽圮，小盘谷石刻等迹地犹存。1921年李庸作《小盘谷记》留于岩，以纪念李氏与西泠印社之缘分，至今仍为西泠印社的一处胜景。（详见《长沙芋园翰墨珍闻》，作家出版社2009年版）

**二十七** 胡镬　胡镬（1840—1910），又名孟安，字匊邻，号晚翠亭长，浙江石门人，善书画，工诗词，尤长于篆刻，浙江著名的金石篆刻艺术家，治印与吴昌硕齐名。苏州园林沧浪亭中『李文恭公沧浪亭小坐图』石刻作者。

崧峻按：胡镬与李辅耀多有诗词唱和，但不知何故父辈并未将唱和之作收入《遗稿》中，目前仅存胡镬手迹诗一件，正是记颂『文恭公沧浪亭小坐图』石刻的（石刻作者就是胡镬本人），这件宝贵的手迹我已赠送给浙大了，现存浙江大学档案馆。因胡镬与李辅耀友情不可遗漏，尤其是小坐图石刻这件大事，胡镬又是当事人，故此处出注备考。

# 附录　芋园春秋

李崧峻

研究中共党史的人大多知道抗战前在长沙有一座占地约二万平方米、气度不凡的古典私家园林——芋园。那是因为一些回忆录中都提到芋园与毛泽东早期革命活动相关联的许多往事，例如毛泽东的老师和朋友黎锦熙的日记中就有1915年4月到8月毛泽东多次到芋园和他的朋友们一起议论时局的记载。其实那时湖南第一师范的许多教师如杨昌济、徐特立、黎锦熙、李青崖等就都分别住在芋园内几个不同的宅院中，相互为邻，而毛泽东是这些教师家中的常客。而且新民学会、赴法勤工俭学预备班的活动也都发生在芋园。那么芋园是座什么建筑？它在长沙什么地方？它的主人是谁？几经战乱，芋园已经完全从长沙消失了。然而岁月的流逝却又让它留下了许多迷雾般的信息。本文就来解开这个谜团。

## 一、芋园的第一代主人李星沅简介

长沙芋园系清道光年间，两江总督李星沅所营建的名为『柑子园』的住宅公馆的花园的名称。

李星沅（1797—1851），字子湘，号石梧，祖籍湖南湘阴，乾隆年间，其祖父李世亮（玉屏公）举家迁到长沙，以裁缝业谋生。李星沅的父亲名李畴（1774—1814），字锡九，号寿田，县学廪生，嘉庆甲子科优贡，朝考一等第一名，授武英殿校录，桂东县训导。

李星沅5岁开始读书，谨敏好学，嘉庆十三年（1808）12岁时应童子试，17岁丧父后，本已贫困的家庭更陷困境，赖其母陈氏以女红维持生计。因家贫，李星沅还曾借烛光夜读于小庙——水月禅林。嘉庆二十二年（1817）李星沅以县试第四、郡试第一补弟子员，成了一名秀才。次年，受聘任教于城南书院。嘉庆二十四年（1819），李星沅的文才为其父亲的好友，时任川东道的陶澍（1779—1839，号云汀，字子霖，嘉庆七年［1802］进士，官至两江总督，谥文毅）发现，十分赏识，乃礼聘入幕，并委以办理奏章、公文等文案的书启工作。有史书称：每日授大略，援笔万言，曲尽事理。文毅色喜曰：『子经世才也，但当多读书耳。』文恭（峻注：李星沅病故后谥文恭）感激自力，执弟子礼终其身。陶澍是李星沅一生中第一个恩师。道光五年（1825）湖南乡试，李星沅考中举人，随即为湖南布政使裕泰（1787—1851，号余山，满洲正红旗人，珍妃、瑾妃的祖父）礼聘入幕，职掌书启，并兼任裕泰诸子的家庭教师。李星沅在裕泰身边工作亦长达六年，二人结下了亦师亦友的深厚情谊。在陶澍和裕泰的关心、支持下，李星沅在道光十二年（1832）考中进士并入选翰林院，次年任职编修，从此步入仕途。

道光十四年（甲午，1834）李星沅出任四川乡试正考官，道光十五年（乙未，1835）三月再任会试同考官，同年六月提督广东学政，工作成绩出色。林则徐作诗赞曰：『三持文柄九能该，此日宾兴节府开。地喜钟灵瞻太华，场名选佛现如来。』※1道光皇帝在道光十八年（1838）将李星沅从广东学政补授为汉中知府而召见时曾对他说：『有尔在广东学政，办事认真，操守好不必说，我放尔知府并无人保举，好去历练，我只望尔能始终如一，岂不是国家梁栋之材……』※2后李星沅果不负厚望，由汉中知府升河南粮道，道光二十年（1840）授陕西按察使，支持林则徐禁烟，继而再任四川、江苏按察使（臬台），1842年春任江苏布政使（藩台），参与鸦片战争后期的江宁、吴淞保卫战（此为李星沅一至江南）。同年冬升任陕西巡抚署陕甘总督，1845年调任江苏巡抚。在赴任前李星沅离西安先至北京觐见请训，道光皇帝召见八次。到苏州后（此为李星沅二至江南）又奉朱批：『朕看汝年富才明学优品正，甚有厚望于汝，谅汝必能体朕用人之苦衷也，钦此。』※3次年又升云贵总督，因处理缅宁、云州回民起事，区分良莠，剿抚得当，授兵部尚书，加赐太子太保衔，赏戴花翎。道光二十七年（1847）调任两江总督，兼署河道总督（此为李星沅三至江南）。道光二十九年（1849），因肝病辞官回籍养病。但一年半后又被刚刚继位的咸丰皇帝起用，任钦差大臣，继林则徐之后赴广西督剿太平军。李星沅带病赴任，四个月后即殁于广西军中（咸丰元年，1851年四月十二日），谥文恭。李星沅为官清廉、谦和，事母至孝。曾国藩作挽联悼曰：『**八州作督，一笑还山，寸草心头春日永；五岭出师，三冬别母，断藤峡外大星沉。**』将李星沅的去世喻为大星的沉落，对李星沅一生作了很高评价。遗有《李文恭公全集》《李星沅日记》《李文恭公诗文集》等著作。李星沅以文人从政，从青年时代以秀才入陶澍幕始，其诗文已誉满湖湘。据专家研究：在《李文恭公诗文集》中收入有序跋、表志、奏章、军书、骈文等，其中更以骈体文22篇著称。这些文章均清丽典雅，辞采焕发，气势纵横。又诗文集中收诗1300余首，另《梧笙唱和初集》还收其诗数十首。对于诗歌，李星沅有他自己的追求，他作有《论诗》诗五首较完整地表达了他的诗歌创作主张※4。先贤熊少牧于同治年间刊刻的《李文恭公诗文集序》中云：『**吾乡官江南以经济而兼文章之美者三君子：一湘潭陈恪勤公沧洲，一安化陶文毅公云汀，其一为湘阴李文恭公石梧也。**』可见，李星沅的诗文在青年时代就很受赞誉了。这些诗文是湖湘文化宝库中珍贵的一部分。



# 二、芋园简介

李星沅在长沙的官邸位于长沙老城柑子园地区的东庆街（南北走向）与浏阳门正街（东西走向）交汇处的东南侧。旧时无门牌号码，而官邸规模又宏大，初时人们就以『柑子园李家公馆』称之。此处原本还连带有一座已废弃的花园，在《李星沅日记》中被称为『黄花园』的园子，这就是芋园的前身，其原主是何人已不可考。所以芋园实际是李星沅住宅柑子园的花园。由于官邸为中国古典园林式建筑，芋园的名声逐步替代了柑子园。芋园的东邻即旧长沙城东南之定王台，故芋园于道光二十九年（1849）落成时，邹湘倜孝廉作诗为贺，有『**定王台畔祥云丽，中有高楣太保第**』之句。芋园始建于道光二十三年（1843），是一座湖泊型园林。据家中老人回忆及一些照片和家传诗文的记载，到民国时期芋园的整体结构和规模：南北长约170米，东西宽约120米，其中主体水面积约占全园面积的三分之二，湖中筑有南北走向的长廊将水面划分为东西两荷花池塘。以此为界，整

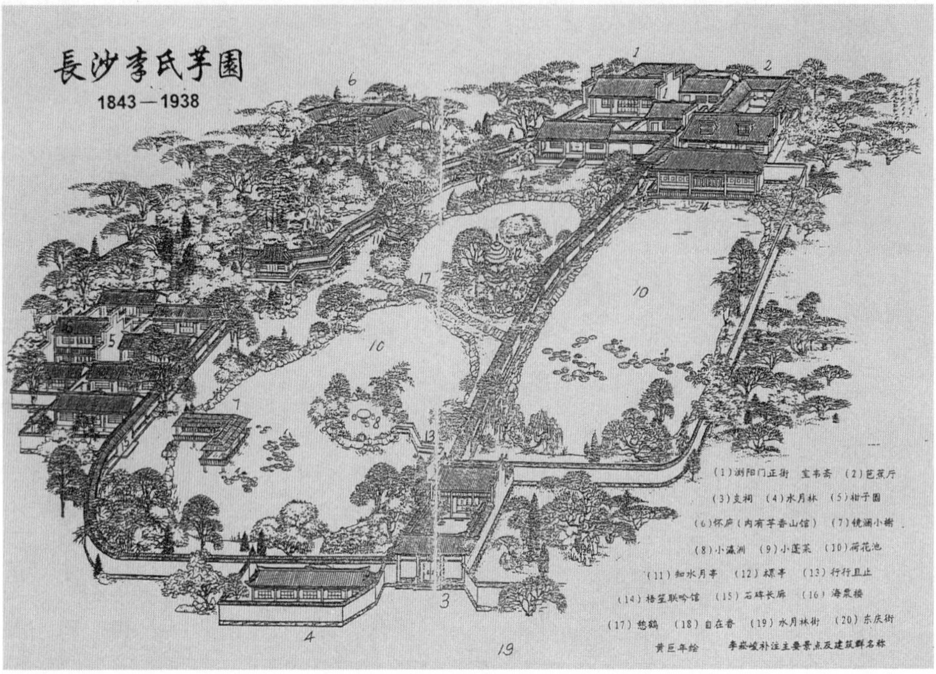


长沙李氏芋园图※5

芋园环湖长廊，廊壁碑刻依稀可辨

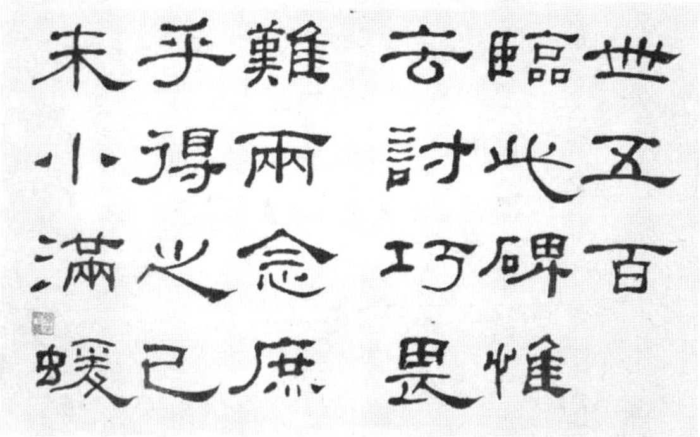

何绍基礼器碑碑刻

芋园之一角　左知水月亭　右楔亭

个芋园可分为东西两半部。按中国古典园林的布局，围绕芋园又形成好几个大小不一的住宅建筑群，其主体建筑相对集中于西半部。芋园之正西为沿东庆街而建的住宅建筑群，名曰柑子园，此为芋园中的核心住宅建筑群，即正屋，设有门厅、轿厅、大厅、祖先堂及多进厅院，有屋百余间。芋园西荷花池的北面与柑子园正屋相连的是怀庐建筑群。其东邻即东荷花池的正北建筑群名曰芭蕉厅。怀庐与芭蕉厅均有大门开向园北的浏阳门正街。芋园的南面有家庵『水月禅林』，此即为李星沅少时读书之处，后购之改建成家庵，作为家人祈福之所，类似于《红楼梦》中大观园内的栊翠庵。民国十年（辛酉，1921）李氏后人将其改建为长沙李氏祠堂，因有别于祖籍湘阴高华冲之李氏祠堂，故名曰支祠。在《支祠记》一文中，点明了芋园的命名出自『邺侯明瓒故事』之典故※6（《支祠记》碑文刊于本文之四『尾声』）。水月禅林的西侧在光绪末年新建一幢二层楼房，因面临水月林街，故命名曰：水月林。各建筑群除有大门与临街相通之外，均各有园门与芋园相通。从正屋柑子园走过园门进入芋

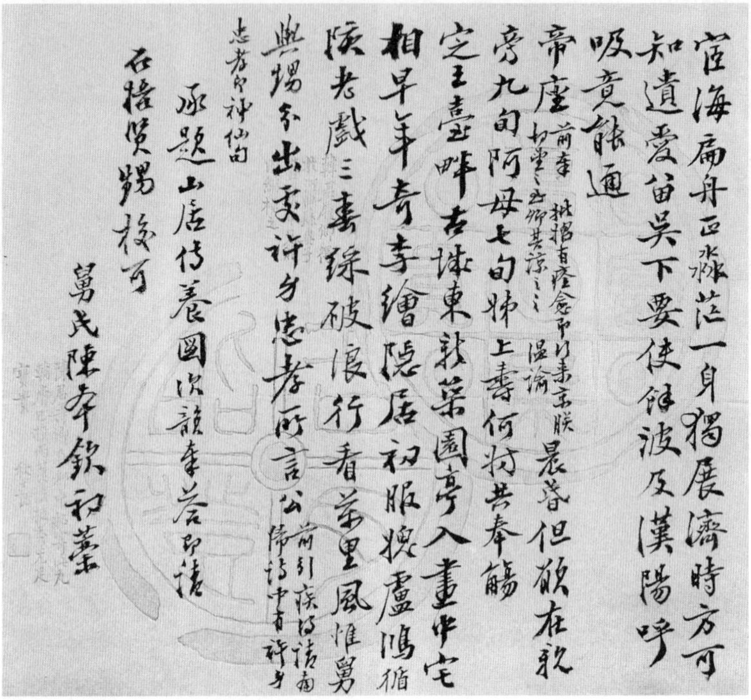
宦海扁舟正渺茫，一身独展济时方。可知遗爱留吴下，要使余波及汉阳。呼吸竟能通帝座，晨昏但愿在欢旁。九旬阿母七旬弟，上寿何妨共奉觞。
定王台畔古城东，新葺园亭入画中。宅相早年夸李绘，隐居初服换卢鸿。循陔老戏三春彩，破浪行看万里风。惟舅与甥分出处，许身忠孝两言公。
忠孝即神仙
承题山居侍养图，次韵奉答，即请
石楼贤甥校可
舅氏陈本钦初稿

陈本钦，字尧农，道光十二年（1832）进士，李星沅的舅舅。本诗作于道光二十九年（1849），李星沅病退返家的当年，芋园尚未命名，家人仍以“侍养园”称之。



园即步入积土为山并以黄石叠砌成的廊桥状建筑，即小蓬莱，其北面有取名为『自在香』的假山包，山顶有小亭为全园的最高点，站在上面全园景色尽收眼底。山上遍栽蜡梅、紫荆、桃花、桂花等花木，每当盛花期，景色明媚，花香扑鼻，故名之。小蓬莱山下有伸向西荷花池的堤坝及名为憩鹤桥的青石桥，将西荷花池腰束为南北两池。小蓬莱周围及湖边植有高大乔木如乌桕、梧桐、桂树、黑松并穿插栽有紫荆、蜡梅等，放眼望去，郁郁葱葱，颇有山林幽深之感。环西荷花池的长廊由小蓬莱向南北方向伸展并与湖中心南北的长廊相连接，以此为链，形成环湖的镜澜水榭、小瀛洲、知水月亭、梧笙联吟馆、漱石枕流之阁等二十二处亭馆景点（芋园图标示了部分景点亭馆名录）。环湖长廊靠西侧的南北两段倚墙而筑，廊壁上嵌有著名书法家何绍基所书大字《道因》碑刻及其他碑刻总数有百余方之多。何绍基系李星沅之儿女亲家，何绍基碑刻原件因战乱存世极少，据《中国书法文化大观》何绍基条目载：道光二十三年（1843）他为姻亲李仲云（即李星沅次子李概）写小楷《黄庭内景

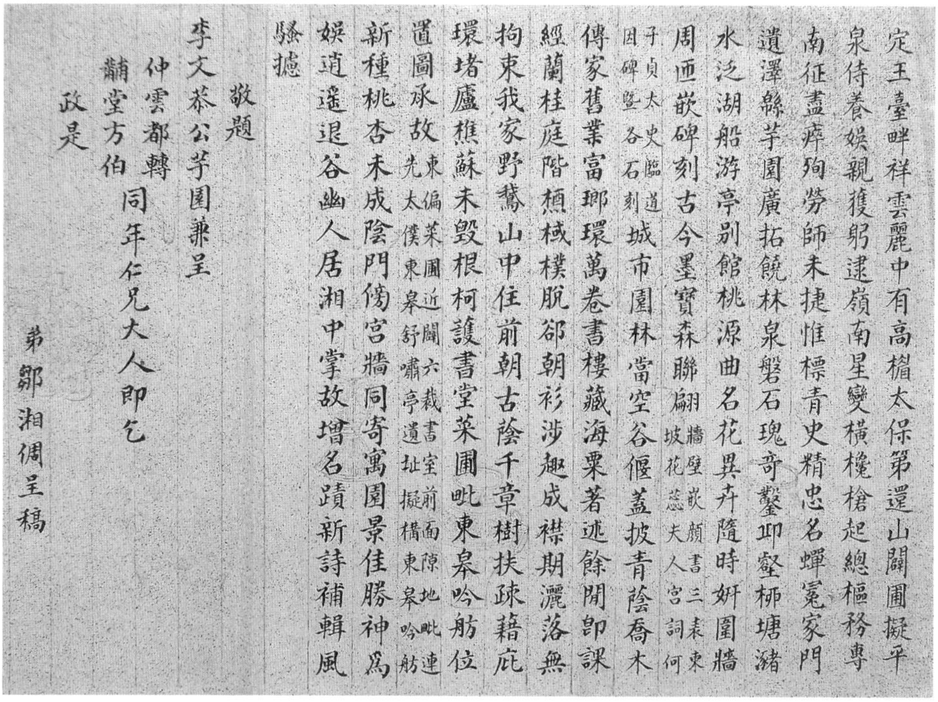
定王臺畔祥雲麗中有高楣太保第還山闢圃擬平泉侍養娛親獲躬逮嶺南星變橫欃槍起總樞務專南征盡瘁殉勞師未捷惟標青史精忠名蟬冕家門遺澤緜芋園廣拓饒林泉磐石瑰奇鑿卯壑柳塘瀦水泛湖船游亭别館桃源曲名花異卉隨時妍園牆周匝嵌碑刻古今墨寶森聯翩（牆壁嵌顏書三表東坡花惢夫人宮詞何子貞太史臨道因碑暨各石刻）城市園林當空谷偃蓋披青陰喬木傳家舊業富瑯環萬卷書樓藏海粟著述餘閒即課經蘭桂庭階植棫樸舧郤朝衫涉趣成襟期灑落無拘束我家野鶩山中住前朝古蔭千章樹扶踈藉庇環堵廬樵蘇未毁根柯護書堂菜圃毗東皋吟舫位置圖承故（東偏菜圃近闢六栽書室前面隙地毗連先太僕東皋舒嘯亭遺址擬構東皋吟舫）新種桃杏未成陰門傍宮牆同寄寓園景佳勝神爲娛逍遥退谷幽人居湘中掌故增名蹟新詩補輯風騷攄

敬題
李文恭公芋園兼呈
仲雲都轉
黼堂方伯 同年仁兄大人即乞
政是
弟鄒湘倜呈稿

邹湘倜，字资山，湖南新化人，道光二十三年（1843）举人，官湘潭教谕。善诗，有《雅雪园诗钞》存世，与李桓合编《历朝二十五家诗录》。这首题咏芋园的诗作于同治年间。

经》3250字，拟刻石刊于芋园，刻者以笔画细不容刀，乃再索《黄庭经》1223字，刻之，现两册完好如新。芋园的东半部，有沿园墙而铺的小径，但无长廊。水月禅林（后建为支祠）即在芋园东半部的南侧，由此而形成了一个完整的中国古典式园林——芋园。但明显可以看出整个芋园以南北长廊为界，西荷花池周边不论是宅院建筑还是花园亭馆景点均优于东荷花池周边，即使是何绍基碑刻也仅见之于芋园西半部。原因是芋园东半部原是一片官辟菜地，是道光皇帝在道光二十七年（1847）赏赐给李星沅的。芋园动工时并无此规划，故一些后续建筑因时局和家道变故，亦未能尽善如初。

道光二十七年五月，李星沅在云贵总督任上奉调任两江总督，在去南京就任前请假十天，转道长沙看望老母。此时柑子园正屋、海粟楼（藏书楼）、宝韦斋、怀庐等建筑均已建成，李星沅的老母陈太夫人等众多家人也都已入住。芋园此时虽未完全落成，亦未命名，但已初具规模，家人称其为『侍养园』。道光二十九年（己酉，1849）芋园落成，但当年五月李星沅病退还家之初，日

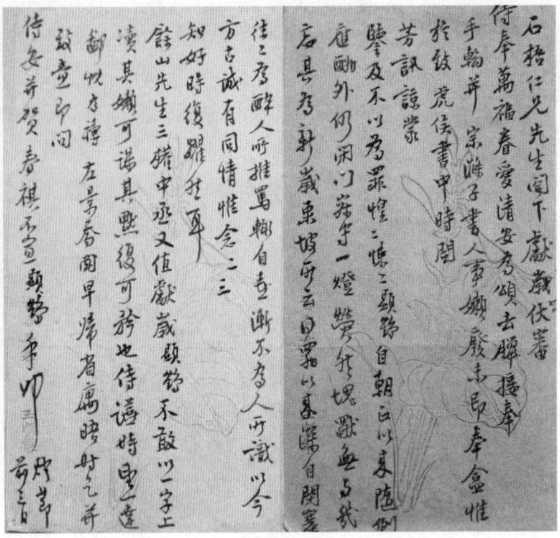

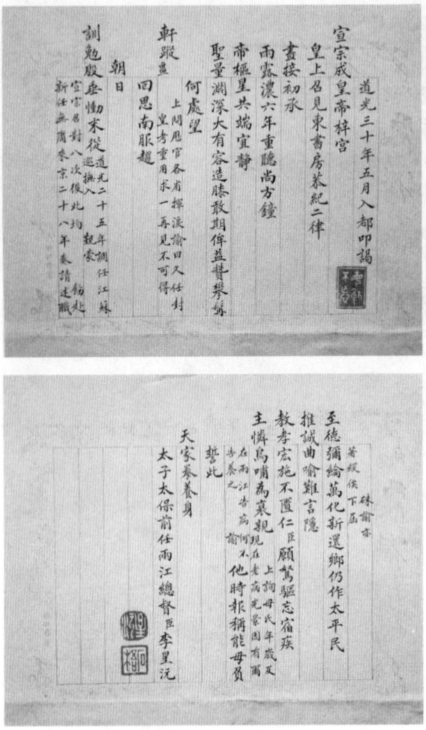

邓显鹤书札

李星沅书札

记中仍称其为『黄花园』。次年（庚戌，1850）才将刚落成的柑子园花园命名为『芋园』。

## 三、芋园三代主人与湘浙文化人

李星沅以文人从政、任外吏十九年，足迹遍布大江南北，除了政务之外，以文会友也是他人生轨迹的重要部分。

道光二十九年（1849）五月，李星沅因病辞去两江总督职务带太子太保衔回到长沙入住芋园之怀庐，其书房『芋香山馆』即在怀庐内。此时，李星沅的恩师陶澍及好友林则徐、邓廷桢等人均已去世了。李星沅终其一生未离书生本色。此时的芋园由于李星沅本身的文才以及他的社会地位，很自然地成为当时长沙社会文化名流聚会的中心之处。他们聚在一起或吟诗填词，或议论古今。用现在的语言表述，芋园似可喻为当时长沙『芋园文化沙龙』。

此时与李星沅、李星溶、李星渔兄弟同聚芋园，目

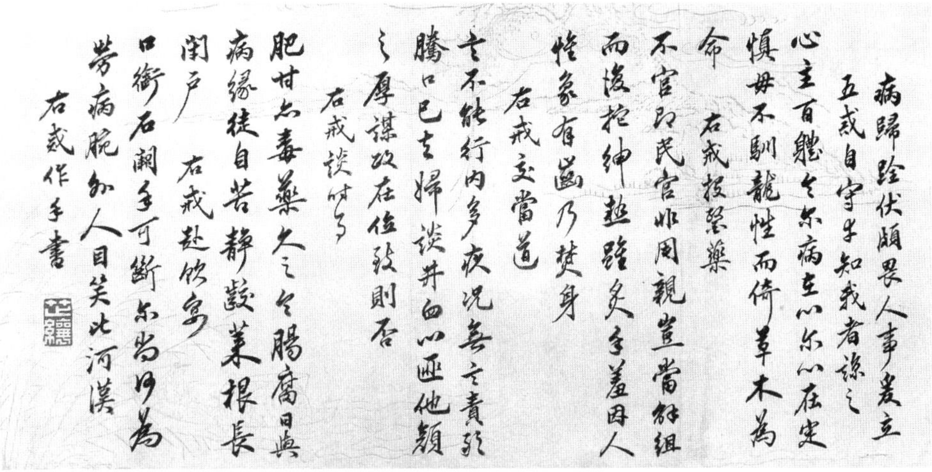

李星沅因肝病（肝硬化症）既厌饮食油腻，又不能服中药，1849年病退返家后立此五戒。此病即使在现代也属无药可治，1851年，李星沅病故于广西前线武宣军中时，其神志恍惚正是肝硬化晚期出现肝昏迷的症状。

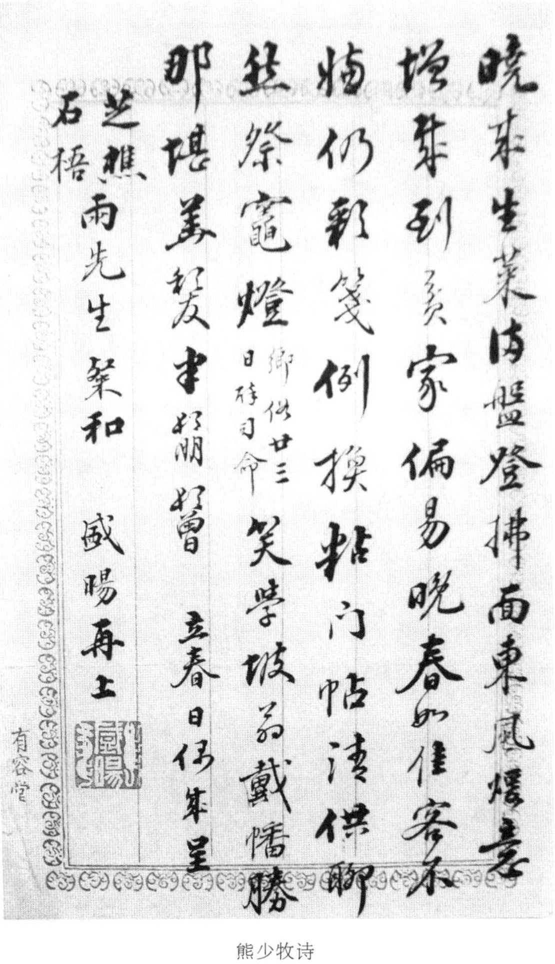

熊少牧诗

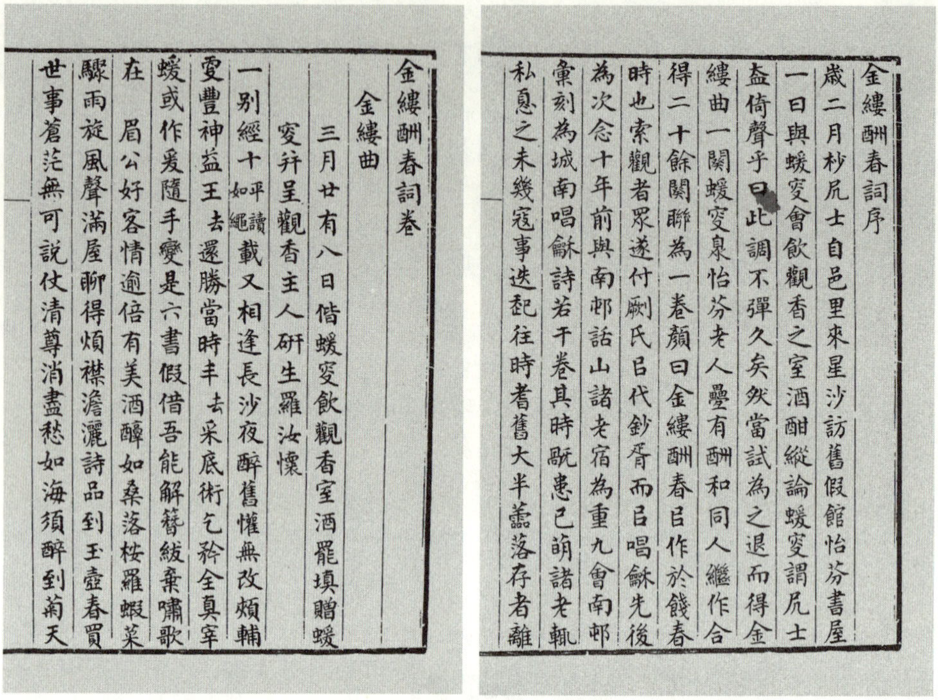

金縷酬春詞序
歲二月杪凥士自邑里來星沙訪舊假館怡芬書屋一日與蝯叟會飲觀香之室酒酣縱論蝯叟謂凥士盍倚聲乎曰此調不彈久矣然當試為之退而得金縷曲一闋蝯叟泉怡芬老人疊有酬和同人繼作合得二十餘闋聯為一卷顏曰金縷酬春㠯作於餞春時也索觀者衆遂付劂氏㠯代鈔胥而㠯唱酬先後為次念十年前與南邨話山諸老宿為重九會南邨彙刻為城南唱酬詩若干卷其時䣭患已萌諸老輒私恴之未幾寇事迭起往時耆舊大半蘦落存者離

金縷酬春詞卷
金縷曲
三月廿有八日偕蝯叟飲觀香室酒罷填贈蝯叟幷呈觀香主人研生羅汝懷
一別經十（平讀如繩）載又相逢長沙夜醉舊懽無改煩輔叟豐神益王去還勝當時丰去采底衕乞矜全真宰蝯或作爰隨手變是六書假借吾能解簪紱棄嘯歌在 眉公好客情逾倍有美酒醇如桑落桉羅蝦菜驟雨旋風聲滿屋聊得煩襟滌灑詩品到玉壺春買世事蒼茫無可說仗清尊消盡愁如海須醉到菊天

这是未收入《观香室遗稿》的《金缕酬春词》，记录了李星渔与何绍基、罗汝怀等于咸丰十一年（1861）四月饯春饮于李星渔书斋“观香室”庭院的唱和之作。目前仅见于罗氏家藏刻本。

前能见之于文字手迹记载的尚有何绍基、熊少牧、邓显鹤（湘皋）、魏源、陈本钦、杨紫卿、罗汝怀、王闿运等人※7。

李星沅故世后，芋园的文脉并未中断，李星沅的三弟李星渔顶起了大梁。李星渔（字季眉）虽然出身秀才，却七次应举不第，遂弃仕途而寄情山水文翰，又『专心力于利民济物』，侍奉老母※8。故李星渔就成为此后一段时期内芋园文化沙龙的领军人物。遗有《观香室遗稿》4卷，诗300余首。书中载有长沙著名画家张名倬绘制的李星渔六十九岁小像，熊少牧篆书像赞云：**怀淡于水，意行似天，亦儒亦侠，非佛非仙，时闻妙香，中有真诠。**

李星沅共有五子，长子李杭、次子李概、三子李桓、四子李榛、五子李梡。当李星沅、李星渔兄弟开创的『芋园文化沙龙』在道光末年进入鼎盛时期时，芋园李家第二代文化人已崭露头角。这里首推李星沅的长子李杭（1821—1848，字孟龙，号梅生）。李杭5岁能诗，幼年随父赴京，得父执何绍基、汤鹏的真传（何、汤均为李星沅的亲家，李星沅长女李楣嫁何绍基长子何庆涵为室，汤

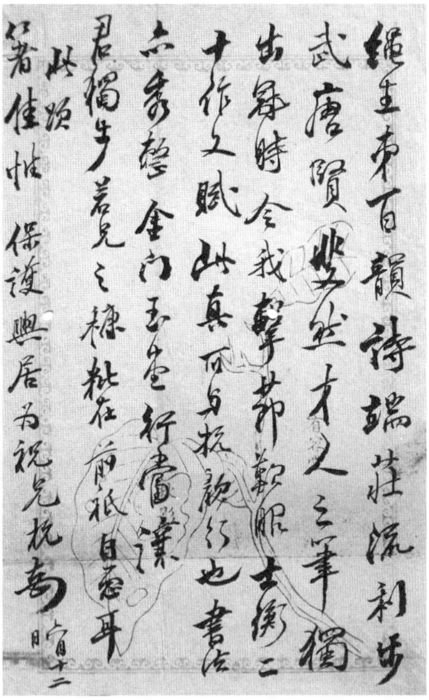

李杭书札

鹏的长女嫁李星沅次子李概为妻，三家关系极为密切），其诗风深受汤鹏影响。李杭于道光二十四年（1844）考中进士，并入选翰林院任编修，一时李星沅、李杭父子翰林，声震湖湘，传为佳话。连谪戍伊犁的林则徐也三度叠韵赋诗致李星沅祝贺。其中有『**青锁家声鳌背接，红绫关宴马蹄催。笋班却共双松茂，夕秀朝华识楚才**』之句，可见林公对李杭之器重。但可惜的是李杭于1848年病故，享年仅28岁，只留下著作《小芋香山馆遗集》12卷（咸丰元年［1851］刻本），存诗400余首，赋37篇※9。

此时除李杭已故之外，四子李榛、五子李梡尚年幼，而次子李概（字仲云）、三子李桓（字黼堂）、李星溶的次子李桢（字介生，号贻香，又号逭华主人，著有《六书系韵》《逭华庐诗稿》存世）、李星沅的外甥张恩准（字绳生）、外甥女张恩泳的丈夫陈戊（号鬬町室主人）等人也均有文才。在上述众人中李星沅的三子李桓尤为出色。李星沅于咸丰元年殁于广西军中后，咸丰四年（1854）李概、李桓守孝期满，可以出仕为国效力了。

咸丰五年（1855）正月因祖母陈太夫人（李星沅的

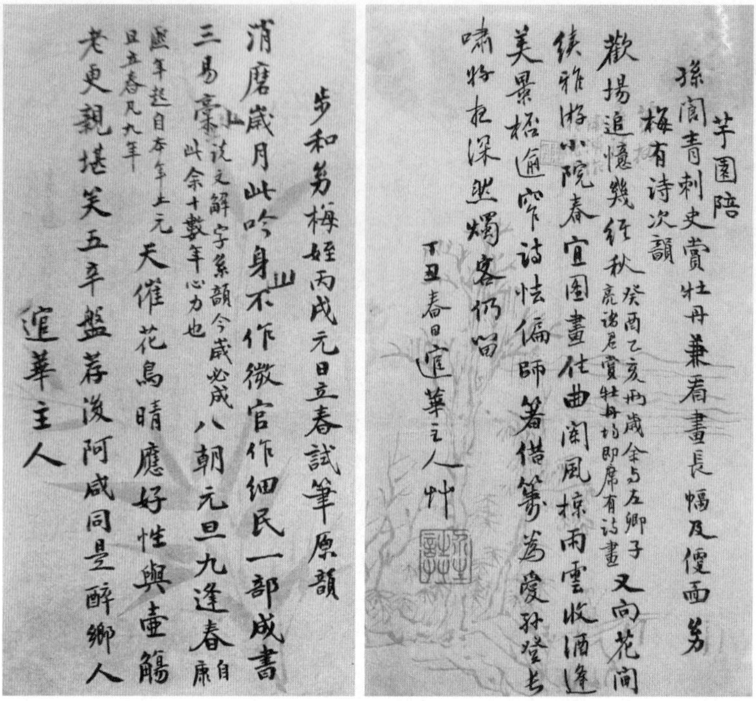

李　桢　诗

母亲）年高体弱，李概留家侍奉老人，李桓则奉旨拣发江西出任九南兵备道，开始了其与太平军十年苦斗的军旅生涯。李桓先后担任过九南兵备道（1855—1856）兼署按察使（臬台），旋改任江西粮道（1856—1861）兼署厘金局总监（1856—1863）。由于李桓这些年为稳定江西大局，在指挥地方治安作战、筹措粮饷、减轻百姓负担等方面，不恤劳瘁，做了大量工作，他深得江西百姓和地方正派官员及毓科、曾国藩、沈葆桢等人的高度赞许。咸丰十一年（1861）冬在曾国藩的保荐下李桓卸任粮道，升任江西布政使（藩台）并署江西巡抚。但到了同治元年（1862），由于新任江西巡抚沈葆桢（林则徐的女婿）认为与太平军作战的主战场已移出江西，遂截留原供应湘军的厘金、漕折用于江西本身的休养生息，遭曾国藩强烈反对，从而爆发了历史上著名的曾、沈为争夺江西厘金的激烈冲突。不幸的是李桓作为分管江西地方财政、行政的布政使，在调解曾、沈之争无效的情况下，作出了支持沈葆桢，反对和抵制曾国藩对江西横征暴敛的决定；参与了截留江西厘金、漕折的行动；并与曾国藩发

光緒庚辰武林趙寶墨齋開雕
寶韋齋類稿
新都周雲章松仙
歸安任嘉培竹賢　助刊
衡山陳鍾英槐庭

《宝韦斋类稿》

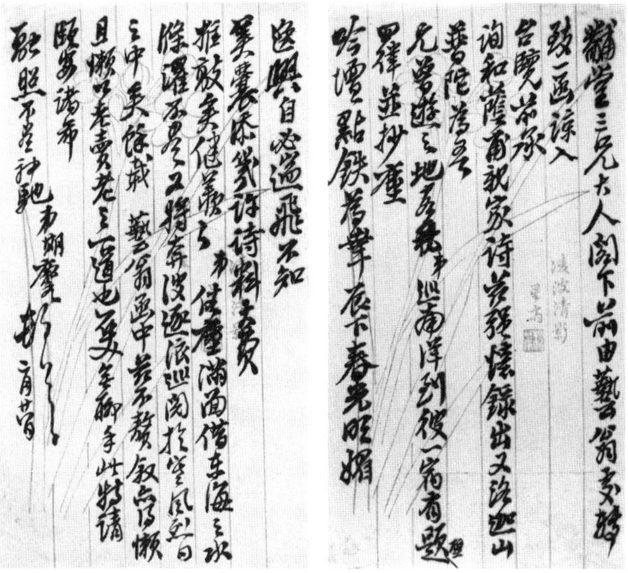

彭玉麟书札

生严重的龃龉，这就大大地得罪了曾国藩，并遭到曾国藩的严重打击报复。在调任陕西布政使，率自己组建的『楚军义胜营』开赴陕南处理军务的途中，于武昌鲇鱼套码头中风，不得不病退还乡，从此脱离官场※10。

李桓不是曾国藩幕府中人，更不是湘军系统中人物，但他不顾个人安危，支持沈葆桢，他的高尚品德、才干和学问不但赢得了江西官绅的一片赞扬，也得到了曾国藩幕府中的正派人士和湘军高级领导人左宗棠、郭嵩焘、李元度（字次青）、彭玉麟、杨岳斌等人的高度赞扬，并成为终生好友。

李桓病退返湘后弃武就文，首先与众兄弟一起辑成《李文恭公全集》（共46卷三十八册）。又将自己任外史十年中与各方官员、友人统筹全局协调共事的信函（其中江右六年就得尺牍一千一百多封）、官书、奏疏等以及自己自甲寅（咸丰四年，1854）服官始至癸亥（同治二年，1863）病退还湘为止之历历往事写成的回忆录——『甲癸梦痕记』合编成书，命名为《宝韦斋类稿》。无疑，百卷《宝韦斋类稿》是一部重要的历史文献，是李桓任外史十

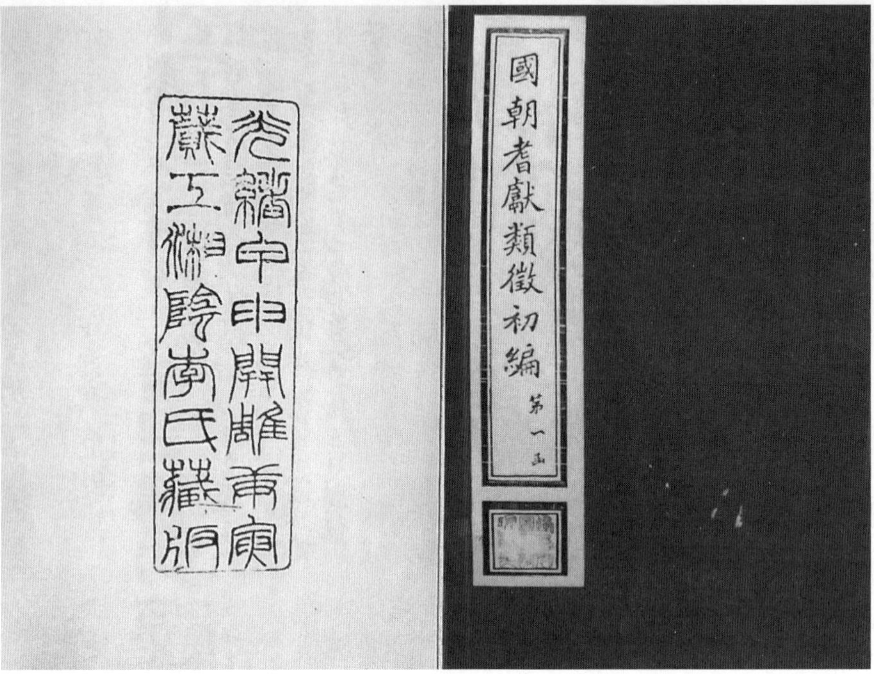

《国朝耆献类征初编》

年经历的真实写照，也是咸丰、同治年间江西历史的一面镜子※11。他又见『国朝人物无专书』，乃动手撰写其一生中最重要的著作《国朝耆献类征初编》，计七百二十卷，随后又辑成附录《国朝贤媛类征初编》十二卷。两书自同治六年（丁卯，1867）动笔，至光绪九年（癸未，1883）方告成。于光绪十六年（庚寅，1890）刊刻出齐，历时二十四年，耗费了毕生精力。

台湾民族图书馆于1984年依清光绪庚寅湘阴李氏藏版影印出版了《国朝耆献类征初编》，其出版说明中说：『是书所辑史料起自清太祖天命元年（1616），迄于宣宗道光三十年（1850），诸凡清代八朝二百三十余年的大臣，地方官员、外藩部属和封疆大吏的事迹，均有较详细的反映……全书包括附录的《国朝贤媛类征初编》十二卷，共七百三十二卷，装三百余册，为清代一部卷帙浩繁的传记巨著。作者纂修此书历经廿余年而成，所本多为清代国史馆本传，兼采私家记述和碑刻、墓志等文，取材严谨，搜罗颇广，辑录的人物事迹逾万人，绝大多数正史未见。在资料收集方面，对于历史和清代民族问题的

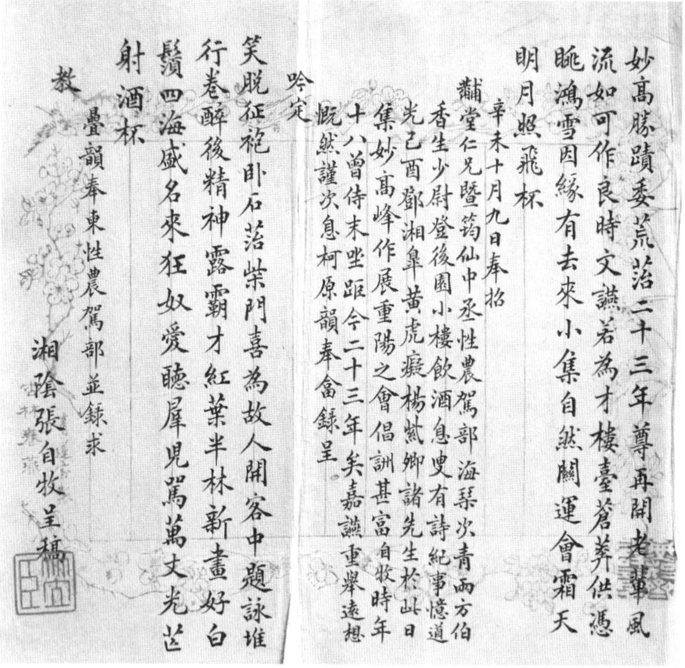
妙高勝蹟委荒萿二十三年尊再開老輩風
流如可作良時文讌若為才樓臺蒼莽供憑
眺鴻雪因緣有去來小集自然關運會霜天
明月照飛杯
辛未十月九日奉柗
黼堂仁兄暨筠仙中丞性農駕部海琹次青兩方伯
香生少尉登後園小樓飲酒息叟有詩紀事憶道
光己酉鄧湘臯黃虎癡楊紫卿諸先生於此日
集妙高峰作展重陽之會倡訓甚富自牧時年
十八曾侍末坐距今二十三年矣嘉讌重舉遠想
慨然謹次息柯原韻奉盦錄呈
吟定
笑脫征袍卧石萿柴門喜為故人開客中題詠堆
行卷醉後精神露霸才紅葉半林新畫好白
鬚四海感名來狂奴愛聽犀兒罵萬丈光芒
射酒杯
疊韻奉柬性農駕部並錄求
教
湘陰張自牧呈稿

同治十年（1871）李桓与郭嵩焘、李元度、张自牧等宴聚于芋园，张自牧赋诗志记。

研究，对于各省（区）和县编写地方志的工作均有重要的参考价值。惟是书仅有光绪十六年湘阴李氏刻本，流传甚少。为满足社会的需要，我们特将全书整理出版，以提供给读者。』目前，大陆各大城市图书馆及各综合性大学图书馆均有此书。据我国清史学巨擘王锺翰先生研究，目前流行于世的《清史列传》大部分资料取自《国朝耆献类征初编》※12。

李桓幼时出天花祸及眼部，中年后视力渐次减退，到光绪八年（1882）终不能视物了，故该书是在李桓双目完全失明之后才最终完成的，其毅力着实令人钦敬。

李桓于光绪十七年十二月（1892年1月）去世，享年65岁。

从咸丰元年（1851）到光绪二十年（1894）前后的数十年，可以说是芋园的鼎盛时期，这里不单是芋园在李概主持经营之下，已日臻完美，成了一座美轮美奂的中国古典式大花园，而且随着『同治中兴』的来到，芋园的人文环境也发生了不小的改变。这里不但有李星渔、李桓、李桢等人的文史创作，而且芋园李家第三代接班

《石塘图说》

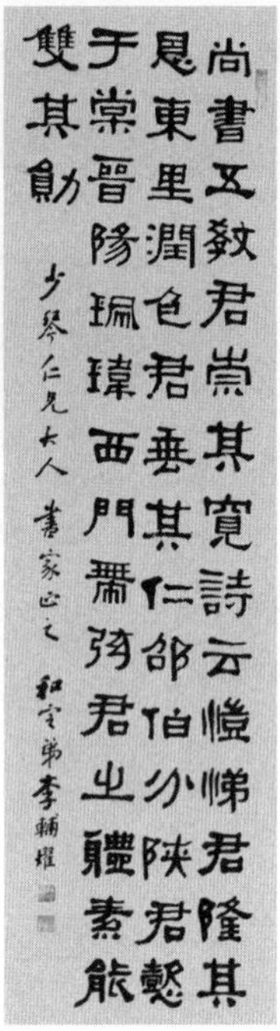


李辅耀书法



人也成长起来了，其代表人物为李桓的长子李辅耀。李辅耀（1848—1916），字补孝，号和定，因李星沅长子李杭无后，李辅耀被过继给大房李杭（号梅生）为嗣，故李辅耀又自号幼梅。李辅耀自幼聪慧好学，18岁（同治五年，1866）成为秀才，同治九年（庚午，1870）乡试，得庚午科优贡。先后任临武县训导，安仁县教谕。光绪二年（1876）湖南乡试得副贡，任职内阁中书。光绪三年（1877）冬，奉旨调浙江任塘工总局驻工督办，自此时起遂与浙江结下不解之缘，先后三次任杭嘉湖道台，二次任宁绍台道台，三次任温处盐厘局督办、省防军支应局总办；光绪三十四年（1908）任新建海塘工程局首任总办（局长）等职，在浙为官近三十年。

李辅耀为人谦和儒雅，为官廉洁诚实，做事认真。在光绪三年冬出任浙江钱塘江塘工总局驻工督办，具体负责领导大规模整修钱塘江海塘工程，到光绪七年（1881）工程完成。因工程规模宏大，质量一流，被时人称为『圣朝第一大工程』，并得慈禧太后赏『按察使衔二品顶戴』。著有记录工程技术的《石塘图说》一书。由于

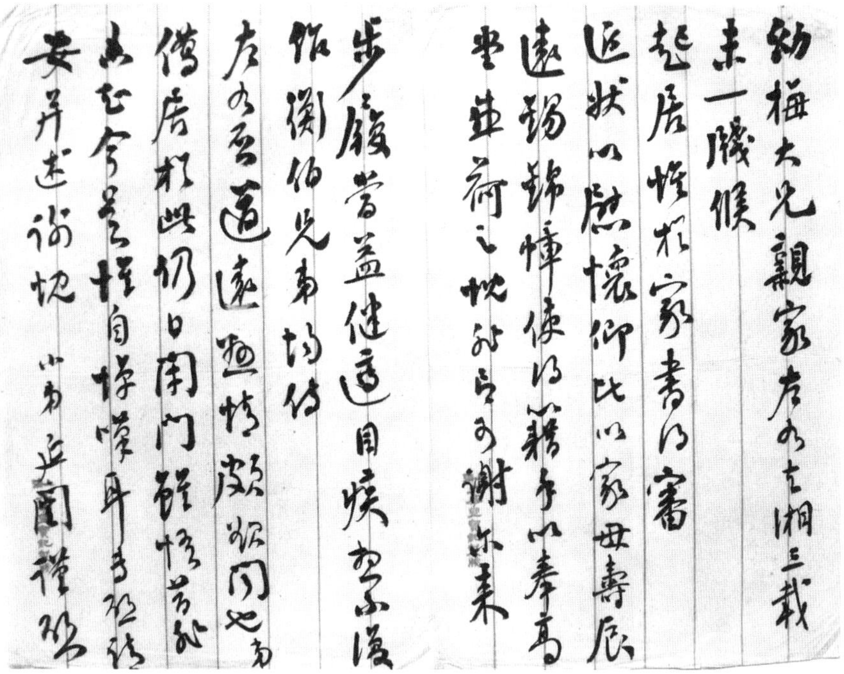

谭延闿书札

家学渊源，他有较好的文学艺术修养，诗书、金石无所不精，尤擅汉隶，是长沙名书法家之一。他还著有《李桓事略》《读礼丛钞》《还魂词》《玩止水斋诗稿》等。浙江杭州著名的文化社团『西泠印社』的创办、发展，与他的积极支持和参与是分不开的。他在离浙返湘后还将自己在西湖孤山的『小盘谷』『芋禅』『留云』等摩崖迹地及别墅『西泠寓斋』赠送给了西泠印社。李辅燿的外孙唐醉石更是参与了『西泠印社』的筹创事宜，是『西泠印社』的第一批社员之一※13。

李辅燿虽是秀才出身，但思想开明，在光绪三十一年（1905）将长孙李青崖送入法国教会办的上海震旦学院读书；又将孙媳吴琴清（作家吴祖光的姑妈）送入苏州景海女中学习。1907年，又送李青崖赴比利时列日大学学习地质矿业。李青崖后来成为著名的教授、文学家、翻译家；上海解放后任上海市军管会文物处处长、第一任市文献委员会主任、上海市文史馆副馆长。无疑，在光绪年间李辅燿是芋园内承上启下的一位核心人物。在这几十年中，在芋园与李桓、李辅燿父子交往深厚的湖湘

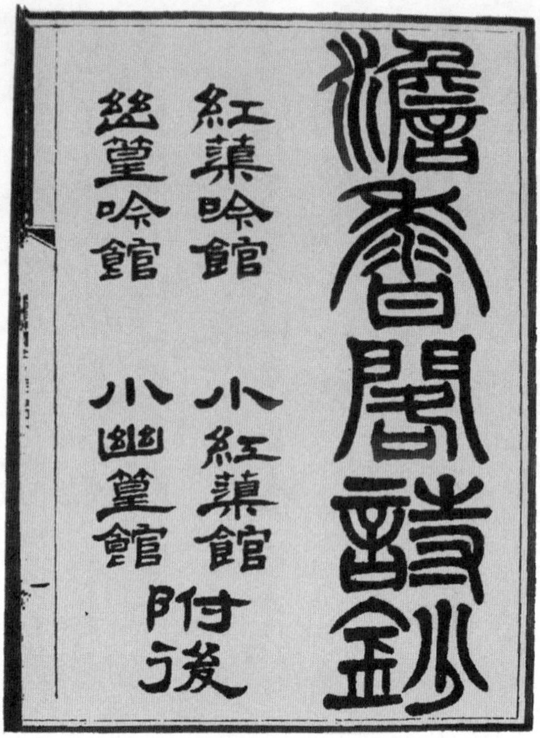


《澹香阁诗钞》

文化人士，目前能见之诗文、书札手迹者有王闿运、左宗棠、郭嵩焘、李元度、许瑶光、张自牧、彭玉麟、何庆涵、何维朴、何维棣、徐树钧、徐树铭、瞿鸿禨、张百熙、刘坤一、谭钟麟、谭延闿、朱昌琳、王先谦、陈三立等人（其中多人为亲戚）。此外，还有柯劭忞、俞樾、徐花农、陆润庠、胡镬、方鼎锐、吴兆麟、吴庆坻、许增、王福庵、丁丙、丁立诚、丁仁等浙江文化名人※14。

讲到芋园与湖湘文化人的关系，还不能不提到湖湘文化的另一枝奇葩——湖湘闺秀诗人。

清嘉道年间，湖南出现过好几个家族性的女诗人群体。其中最突出的要算湘潭郭氏、长沙李氏、长沙杨氏相互联姻形成的女诗人群体。这是湖湘文化的一枝奇葩。

李星沅的岳父郭汪灿（字云麓）进士出身，曾任陕西鄠县知县，郭家家境并不富裕，却是书香传家，郭汪灿本人善诗，著有《云麓诗草》传世。以次女郭润玉（字笙愉，号壶山女士）嫁李星沅为妻，二人于嘉庆二十三年（1818）成婚。郭润玉善诗，是郭家女诗人群体中之佼佼者，惜于道光十八年（1838）去世。生前刊刻有《簪花阁诗集》《梧笙联吟初辑》（与李星沅酬唱诗集），殁后李星沅为之辑有《簪花阁遗稿》。共存诗300余首。

李星沅的妹妹李星池（字淑仪，著有《澹香阁诗钞》）和李星沅的长女李楣（字月裳，著有《浣月楼遗诗》）均善诗，李星池嫁长沙杨雪庄，又得加入长沙杨氏闺秀诗人族群。

光绪元年（乙亥，1875），王闿运为李星沅的妹妹李星池诗集《澹香阁诗钞》作序，曰：『**道光中湘楚闺咏莫盛于潭，潭女能诗，郭氏尤著。余姑适郭，郭之姻亚皆习诗礼相酬和，一门之中人人有集。余姑夫兄女（峻注：王闿运的姑夫的哥哥郭云麓是李星沅的岳父，郭润玉夫人的父亲）适湘阴李氏者，材思清绮，欲冠同时，所谓笙愉夫人，太子太保文恭公之妻也。**』又说：『**文恭之妹曰淑仪（李星池）夫人，嫁长沙杨氏，与笙愉先后出阁，其时文恭未达，杨亦儒门。**』该序清楚地点明了三家之关系。

以上三家姻亲闺秀诗人多至十余人，她们于嘉庆、道光、咸丰、同治年间誉满湖湘※15。

# 四、民国时代的芋园

芋园经道光、咸丰、同治、光绪四朝数十年的经营，到光绪中叶已成为一座人文荟萃、意境幽雅的中国古典式园林，碑刻长廊、亭台水榭，错落有致，美轮美奂，在当时的长沙首屈一指。但到了光绪十七年（1891），李桓去世以后，老一代亲友也相继凋零。李辅燿又于光绪二十二年（1896）再度赴浙江为官。此时，芋园中以李星沅的四子李榛辈分最高，但随着社会动荡加剧，芋园内上百口的子孙各家自立门户，李榛也独木难支，聚族而居已名存实亡，芋园开始走向衰落。辛亥革命以后，李辅燿于民国二年（1913）回到长沙芋园，眼看芋园已残败荒芜，物是人非。终于在当年秋，李星沅名下五房进行了第一次分家。在随后的第二次分家时，芭蕉厅分给了李辅燿的长子李相钧（李青崖的父亲）；怀庐分给了李辅燿的次子李相纶（又名李庸，字子扉，书法家，后为上海文史馆馆员）；水月林分给了李辅燿的三子李相慈（又名亦怀，笔者的父亲），三年后（民国五年，1916）李辅燿去世。

分家时李辅燿的长孙李青崖（李星沅五世孙）已从比利时留学回国，后来又任职于长沙高等商业学校，并在湖南省立第一师范学校兼课，与黎锦熙、杨昌济、徐特立、方维夏等人非常熟悉。他们深知芋园的怀庐空房较多，（此时怀庐的主人是李青崖的二叔李庸，李庸是长沙著名的实业家朱昌琳的孙女婿，他常年住在清水塘自己的别墅里。）遂通过李青崖向李庸商借了芋园中怀庐的一个院落作为第一师范的教师宿舍，杨昌济一家也住在这里（怀庐是一个大建筑群，有多个院落，其中一较大的院落，此前已办了一所衡萃女子学校）。他们还在怀庐办起了『宏文图书社』（杨昌济的《论语类钞》就是由这个书社出版的）及《公言》杂志。毛泽东的老师徐特立是李辅燿之母徐太夫人的侄儿，此时他们一家就住在怀庐的另一个院落内，徐特立还带着笔者的父亲李亦怀（他当时还在雅礼大学读书，论辈分徐特立是李亦怀的表叔）一起去参加他创办的贫民夜校的活动。这期间第一师范的学生蔡和森、毛泽东、萧子升、李维汉、楚湘汇等人经常来芋园怀庐拜访他们的老师，讨教学问，纵论时事，故与李家人关系也十分熟识。不久他们师生又向李青崖借用了与怀庐一墙之隔的东邻建筑群——芭蕉厅（这是李青崖自己的产业）部分空闲房屋作为他们的第一个革命组织『哲学研究小组』的学习活动场所。其中的一间还成为他们留法勤工俭学预备班的教室，有学生五十余人，李青崖亲自为他们讲授法语课。

民国初年的芋园已近似『公园』的性质了，实际上由于当时社会比较动荡，生计困顿，李氏后人对维护芋园已力不从心。李辅燿对芋园的前途似乎有所预感，他于民国四年（1915）八月十一日日记中写道：『**版制芋园笺十二种，后芋园笺十种，三年以来议将芋园出售，虽无成说，然将来易主势所必至，存以亭馆之名，以为子孙之纪念耳，请王维季作各种篆书。**』王维季即王福庵，著名的书法家、金石篆刻家、西泠印社的创始人之一，是李辅燿在浙江任职时的至交好友。此时王福庵正在长沙探视病中的好友李辅燿，遂应诺承办※16。在王福庵

芋园笺：芋香山馆

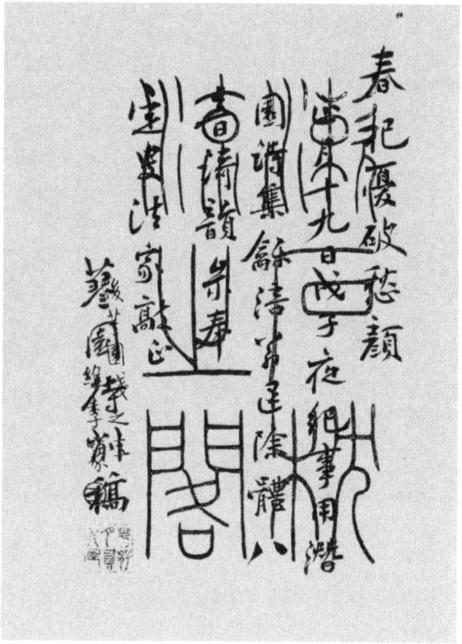

后芋园笺：漱石枕流之阁，上有柯劭忞题诗

题签的二十二种芋园亭馆景点名录信笺中，分『芋园笺』十二种和『后芋园笺』十种。前十二种名录为文恭公李星沅所命名；后十种则为文恭公去世以后李概、李桓所命名（其中有一些亭馆还是他们二人经手所新建），水月林（建在水月禅林之西侧）住宅是李辅燿于光绪末年（1908）所建之住宅，故不在名录中，李辅燿于民国二年（1913）还湘后即入住水月林。这是芋园中最后建成的一座住宅建筑了。

发生在1919年的『五四』运动完全更新了大家庭的旧观念。因此到了民国十年（1921），时年82岁的李榛眼见芋园李家要『散架』了，但聚族而居的旧观念促使他作出了一项决定：将家庙——水月禅林改建为祠堂，一年中的各种祭祀活动经费由各支的小家庭分担，想以此来维系李家的聚族而居。于是将庙中的佛像移到城北的开福寺。为了有别于祖籍湘阴高华冲之宗祠，遂将芋园中的祠堂命名为『支祠』，命李概之子李祥霖（字佛翼）作《李氏支祠记》一文，并由李辅燿的次子李相纶（即李庸）书丹，以昭示后人。但毕竟时代不同了，此举未能带来

李氏支祠記
祖父文恭公既薨之六十有一年時維宣
統三年辛亥越十年辛酉支祠落成吾李
氏自占籍湘陰五百餘年仍世畊讀子姓
繁昌至乾隆嘉慶之間高祖父玉屏公始
業商遷居長沙會城曾祖父壽田公以優
貢充武英殿校錄銓桂東縣學訓導道光
壬辰文恭公入翰林歷官至太子太保兩
江總督廣西欽差大臣忠盡勤勞國史有
傳先是道光己酉文恭公由兩江移疾還
闢芋園會城之東隅水木明瑟風景為一
城冠又以園側水月禪林為舊時讀書授
徒處因購而改葺之用為家人祈福靜舍
識者以比鄭侯明瓚故事云吾父與諸父
諸兄共守故居敦尚樸素每春秋佳日輒
集親故談讌以為樂咸同之際蓋彬彬焉
光緒中葉以後宦遊於外者衆園林稍寂
寞矣國變後宦遊者咸先後還念時局之
多艱懼祖德之失墜爰奉禪林佛像於城
北開佛寺即其舊址改建支祠肇工庚申
之冬明年夏四月竣事綜計用費銀圓四
千六百有奇輪奐聿新規制大備祠中祭
祀歲修費舊存長沙南門外洪山頭公田
租九十石由文恭公支下五房子孫公推
經管垂諸久遠其年冬至祀事既畢七叔
父時年八十有二諭祥霖曰吾家高華街
舊有宗祠歲時既往與祭維謹今支祠新
建恪奉烝嘗汝可誌其緣起昭示後嗣俾
毋忘祖宗創業艱難焉祥霖敬諾逾數日
謹為文記之時維辛酉十二月朔日也明
年壬戌夏五月相綸謹書

支　祠　记




芋园的『凤凰涅槃』。

1930年7月27日红军攻进长沙，到8月5日撤出长沙，在战乱中，芋园不幸遭到破坏。除了李庸、李亦怀、李青崖几家在早年分家后于二十年代相继迁出了芋园，带出了分家所得的部分先人遗墨等文物之外；留住在芋园内李星沅家族子孙手中的大量祖先著作、诗词手迹及众多文化名人的墨宝、书札和其他各种文物，均遭受严重损毁※18。

不久，抗日战争爆发。1938年冬，战事逼近长沙，11月13日凌晨长沙发生了那场著名的『文夕大火』，千年古城毁于一旦。芋园未能幸免，柑子园及其他住宅院落，海粟楼的全部藏书，逃过1930年战乱存放在支祠堂内的数千块各种著作的木刻版及残存碑刻、牌匾等也一起在这场震惊全国的大火中化为灰烬。战后的芋园一片断垣残壁，1947年李氏后人在东庆街柑子园大门外两旁尚见到各立有一块『李芋香堂』石碑，墙上嵌有『芋园』搪瓷牌。残存的房屋还办了一所『浏正街小学』。斗转星移，如今，芋园已了无踪迹可寻了。

## 注释

※1《林则徐诗集》第514页『寄和李石梧抚部《癸卯文闱即事》原韵』，海峡文艺出版社1987年版。

※2《李文恭公行述》第13页，同治刻本，现藏美国哈佛大学图书馆。

※3《李文恭公行述》第38页。

故宫博物院图书文献馆藏《李星沅奏章》原件之御批。

※4详见湖南大学孙海洋教授著《湖南近代文学》第二章『李星沅篇』，东方出版社2005年版。

※5长沙李氏芋园图。芋园图是李青崖的四子李颢（李星沅六世孙）根据自己儿时的回忆及一张荷花池老照片绘出的一份草图。笔者的大姐李韵仪（李星沅五世孙女）和李颢的妹妹李曼青共同回忆，韵仪执笔写了一份『芋园回忆』的文稿，详细地描绘了芋园各建筑群布局和园中景色。这成为本文第二节的主体文字。他（她）们三人虽然辈分不同，但都出生于芋园且为本支近亲，同为儿时芋园玩伴，故他们笔下的芋园真实生动。曼青的女婿加拿大画家黄巨年据李颢芋园草图，在曼青的指导下绘制了本『芋园图』（画家签名于图之右上角）。笔者根据各种资料考注了芋园图中的部分景点名录（二十二处宅院亭馆景点名录不可能齐全于一图）。此时芋园的规模西起东庆街、吉庆街；南抵古家巷、水月林街；北自东庆街路口起沿浏正街向东直达浏阳门内之定王台，可谓规模宏大。

※6《李氏支祠记》为李星沅之孙李祥霖（字佛翼，李星沅次子李概的儿子）撰文，曾孙李相纶（又名李庸，李星沅三子李桓的孙子，李辅燿的次子）书丹。文中点明了芋园的命名出自『邺侯明瓒故事』之典故：唐肃宗时，李泌于公元781年到杭州任刺史，那时杭州沧海桑田已千年，水却依旧苦咸，百姓零星散居，形成不了城市规模。于是李泌导西湖之水并开六井，至此杭州人择水群聚，安居乐业，这才有了杭州城，李泌亦得到万民称颂。然而李泌出身布衣，未出仕时曾在衡岳寺中读书，

该寺明瓒和尚性懒，号懒残，与李泌交厚。一日深夜，李泌悄悄往见懒残，懒残拨开火，取煨芋请他吃，并对他讲：『慎勿言，领取十年宰相。』后来李泌果然当了宰相，并被封为邺侯。以此典故隐喻星沅公未出仕时曾于水月林寺夜读。

※7详见李崧峻著《长沙芋园翰墨珍闻》，作家出版社2009年版。

※8见《李星渔墓志铭》，《观香室遗稿》同治十三年刻本。

※9见湖南大学孙海洋教授著《湖南近代家族文学群体》。

※10见李崧峻著《长沙芋园翰墨珍闻》第40页第二章『李桓简介』。

※11《宝韦斋类稿》最早的版本为光绪六年（庚辰，1880年）武林赵宝墨斋版，内分四类：一奏疏；二官书；三尺牍；四甲癸梦痕记，共84卷。李桓于光绪七年（1881）返回长沙，次年双目完全失明，却陆续完成：五明论；六诗录；七文录；八宾退纪谈、四部分续刊，共16卷。此项工作直到光绪十六年（1890）才最终完成，总共为100卷，毅力惊人，次年李桓即去世。百卷《宝韦斋类稿》多人作序，冯誉骢作总序。国内现存于中科院图书馆、北京图书馆，海外则存于美国哈佛大学，流传于社会的则多为台湾文海出版社印行的影印版本。

※12《国朝耆献类征初编》据专家研究，该书上自王公大臣、下至庶民儒林，约含人物传记一万五千余人，是清代篇幅最大的传记专著，也是我国古代最大的人物传记汇集。现扬州广陵书社已于2007年整理出版。《清史列传》虽然编撰于民国初年（1912），未署编撰人，也无序跋，莫详其来源，但列有人物三千余人。该书较《清史稿》更为详尽、准确，广为流传。故王锺翰教授予以点校刊行。在其『点校序言』中指出：《清史列传》一书的稿本来源，多半来自《国朝耆献类征初编》。

※13详见李崧峻论文《湖南湘阴李氏与早期西泠印社》，载《『百年名社·千秋印学』国际印学研讨会论文集》，西泠印社出版社2003年版。

※14详见李崧峻著《长沙芋园翰墨珍闻》。

※15详见湖南大学孙海洋教授著《湖南近代文学》第九章『湖南近代闺秀诗人』。

※16王维季（1880—1960），又名王禔，初名寿祺，字维季，号福庵，又号屈瓠，别号罗刹江民，浙江杭州人，著名的书法家、篆刻家，与吴昌硕比肩印坛。曾任国民政府中央印铸局技正，故宫博物院鉴定委员，杭州西泠印社创始人之一，李辅耀的好友。芋园已毁于战火，芋园笺现仅存七种：芋香山馆、海粟楼、镜澜小榭、企麓、观心室、漱石枕流之阁、知水月亭。

柯劭忞（1850—1933），字凤荪，号蓼园，山东胶州人，光绪十二年（1886）进士，李辅耀的好友，曾任湖南学政、京师大学堂第八任监督（校长）。是近现代著名的学者、教育家、文史学家，是『芋园笺』最早的试笔者之一。

芋园笺二十二亭馆名录：

芋园笺十二种：芋香山馆　对沐听雨之轩　梧笙联吟馆　菽澜精舍　海粟楼　自在香　镜澜小榭　涩芰圆荷之舫　企麓　樏亭　小蓬莱　因月

后芋园笺十种：小芋香馆　观心室　宝韦斋　献轩　漱石枕流之阁　知水月亭　憩鹤　行行且止　育青轩　芸宧

※17详见《长沙芋园翰墨珍闻》第139页『后记』。

图书在版编目（CIP）数据

李辅燿诗词集 / 李崧峻主编;浙江大学档案馆编. 一杭州：浙江大学出版社，2019.10
ISBN 978-7-308-19413-6

Ⅰ. ①李… Ⅱ. ①李… ②浙… Ⅲ. ①诗词—作品集—中国—清代Ⅳ. ①I222.749

中国版本图书馆CIP数据核字（2019）第163137号

李辅燿诗词集
李崧峻 主编 浙江大学档案馆 编

责任编辑 蔡 帆
责任校对 胡 畔
封面设计 周 灵
出版发行 浙江大学出版社
（杭州市天目山路148号 邮政编码 310007）
（网址：http：//www.zjupress.com）
排 版 杭州林智广告有限公司
印 刷 杭州高腾印务有限公司
开 本 787mm×1092mm 1/16
印 张 18
字 数 130千
版 印 次 2019年10月第1版 2019年10月第1次印刷
书 号 ISBN978-7-308-19413-6
定 价 98.00元